大伴家持

日本人のこころの言葉

鉄野昌弘 著

創元社

はじめに

日本民俗学の創始者の一人であり、歌人でもあった折口信夫《おりくちしのぶ》（釈迢空《しゃくちょうくう》）は、「評価の反省」（昭和二十六年）という文章の中で、大伴家持の歌について、おおよそ次のようなことを述べています。

私たちは、古代人といえば、素朴で健康な生活をしていて、感傷などということには縁がなかったと思い込んでいる。しかし家持の歌を見ると、そうではないことがわかる。近代人のするような感傷、寂寥や孤独感が文学になることを、家持は知っていた。こんなに深い心で静かに物を考え、独り悲しんでいる人があったことを見逃していたのは、よほど反省してよいことである。

確かに現在でも、『万葉集』の歌風といえば、学校の文学史でも教えるように、「素朴・雄大」と相場が決まっていて、千二百年以上も前に、私たちと同じように繊細な心を表現した人がいるとは思われないかもしれません。しかし、家持の次のような歌を読めば、折口の言うことが真実であると納得されるはずです。

うらうらに照れる春日《はるひ》にひばり上《あ》がり心悲しも一人《ひとり》し思えば

うららかに晴れ上がった春の空にひばりが高く舞い上がり、天空から聞こえてくるその声を聞きながら、自分の心は悲しみに閉ざされている。ひとり物思いに沈んでいるのだから……。明るく輝く世界から疎外される複雑な内面は、明治以降の近代詩でも、なかなか見つけられない境地だったのでしょう。折口は、同じ文章で、大正時代、このように心の微動を写すことが目指され始めた頃にこの歌に出会い、たいへん驚いたと記しています。

しかしいうまでもなく、大伴家持は、近代の人ではなく、千二百数十年前の貴族官僚です。それは、条件が揃えば、古代人でも「近代人のするような感傷」を繊細に表現することができた、ということではないでしょうか。

『万葉集』の時代の日本は、近代日本と共通するところがあります。ともに外圧によって、急速な文明化を強いられたという点です。六世紀末に中国大陸にできた統一王朝（隋、ついで唐）は、強大な軍事力で周辺を圧迫しましたから、諸国はいっせいに中央集権化に向かったのです。倭《わ》と呼ばれていた我が国も、七世紀を通じて諸制度の整備を進め、八世紀の初めに「日本」という国号を持った新たな国としてスタートしました。

その間に、繰り返し使いを中国に派遣して、その文明を摂取したのはいうまでもありません。『万葉集』の時代の前半は、ちょうどその新たな国「日本」の形成期にあたります。そして家持の生きた頃、『万葉集』時代の後半は、大宝律令《たいほうりつりょう》という法を整備し（七〇一年）、平城京という政治・文化の中心を持った（七一〇年）、「日本」の一応の完成期でした。

見過ごされてきた家持の歌を折口たちが発見したのが、大正という日本近代の成熟期であるとすれば、その家持の歌を生んだのは、日本古代の成熟期だったのです。正倉院に収められた宝物のように、天平文化は、唐の影響を受けて写実的で、高度に繊細なのが特徴です。家持の洗練された歌も、その一部をなすものなのでした。

ただし正倉院宝物は、中国伝来のものも多くありますが、家持の和歌はもちろん日本語です。新たな日本に相応しい文芸として、『万葉集』の歌人たちは、中国詩に学びながら、日本語で、自分たちらしい表現を創り出していったのでした。そして家持は、中国詩と和歌との関係をもっとも深く考え、独自の表現を自覚的に創出した歌人です。それは、森鷗外や夏目漱石といった留学経験を持つ作家たちが、西洋のノヴェルという文学形式に出会って、日本語の小説としてそれを実現しようとしたのに似ているかもしれません。

ともあれ、自らの内面を深く覗き込んだ家持の歌は、私たちの合わせ鏡です。古代にあって、家持がどのようにして「近代人のするような感傷」を表現するに至ったのかを知ることは、私たちの心のあり方を知る手がかりになると思います。あるいは逆に、古代の貴族官僚と私たちとの違いが、そこに見えてくるかもしれません。それならばそれで、私たちと家持との重なりとずれが、人間の心の不思議さを教えてくれるでしょう。

なお大伴家持の言葉は、『万葉集』以外には遺されていません。後の時代の歌集にも家持の作とされる歌はありますが、『万葉集』歌の引き写しか、あるいは家持の名を借りただけのものです。したがって、本書の「家持の言葉」は全て『万葉集』からの引用です。

日本人のこころの言葉

大伴家持

目次

生涯編

装　丁　上野かおる
編集協力　株式会社唐草書房

言葉編

＊『万葉集』の和歌等は、原則として新字体、現代かなづかいとし、読みやすくするために、ふりがなや句読点を付けました。また、文意を損なわないかぎり、現在一般につかわれていない漢字はひらがなにするなどの調整をしました。

I　人を思う

❶ 初々しい初恋を歌う

振《ふ》りさけて三日月《みかづき》見《み》れば

一目《ひとめ》見《み》し人《ひと》の眉《まよ》引《び》き思《おも》おゆるかも

（『万葉集』巻六・九九四）

【現代語訳】 振り仰いで三日月を見ると、一目だけ見たあの女《ひと》の眉が思い出されるなあ。

『万葉集』の巻の多くは、時代順の配列になっています。巻六も例外ではなく、奈良時代前半、養老七年（七二三）から天平十六年（七四四）までの歌が、ほぼ作られた順に載せられています。その配列に従うと、この歌は、天平五年、家持十六歳の作ということになります。家持の年代のわかる歌としては最初のものです。

三日月を見て、女性の眉を思い出すのは、この当時の貴族女性が三日月のような形に眉を描く化粧をしていたからです。それは正倉院蔵の「鳥毛立女屏風《とりげりつじょびょうぶ》」（樹下美人図《じゅかびじんず》）に見られるような中国風の装いでした。美しい女性の眉が、たった一目見ただけで心に焼き付けられてしまった。三日月を見るとそれが思い出されてならない、もう逢うこともできないのに……。いかにも少年らしい、初々しい恋の歌です。

しかしこの歌は、おそらく現実の女人を歌ったものではありません。巻六は「雑歌《ぞうか》」の巻で、おおよそ儀式や宴会の歌、旅や季節の風物を詠ずる歌で占められています。実際の恋の歌ならば、他巻の「相聞《そうもん》」の部に収められたでしょう。この歌には「初月の歌《みかづき》」という題が付いています。「初月」とは三日月を表す漢語で、このような題を持つ歌の多くは「詠物歌《えいぶつか》」と呼ばれる題詠です。当時伝わっていた漢詩の中に、

「詠物詩《えいぶつし》」というジャンルがあって、和歌でもそれに倣って題詠が行われていたのです。そのため物を歌う際の趣向も、漢詩のそれを利用することが多くありました。実は三日月を女性の眉に見立てるという発想も、漢詩にあるものです。

たとえば五世紀の中国の詩人鮑照《ほうしょう》が、「城の西門解中《せいもんかいちゅう》に月を翫《もてあそ》ぶ」（城の西門の官舎で月見をする）という詩の中で、「娟娟《けんけん》として娥眉《がび》に似たり」（月はあでやかで女性の描き眉に似ている）と述べるのもその一例です。この詩は官僚の必読書であった『文選《もんぜん》』に載っていましたから、貴族なら誰でもなじみのある発想だったわけです。

興味深いのは、その前に並ぶ大伴《おおとも》坂上郎女《さかのうえのいらつめ》の歌も、同じ「初月《みかづき》の歌」という題を持っていることです。

月立ちてただ三日月の眉根《まよね》掻《か》き日長《け》く恋いし君に逢えるかも
（新月になってまだ三日の月のような眉を掻いて、何日も恋しく思っていたあなたにようやく逢えました）

眉が痒《かゆ》くなるのは思う人に逢える前兆という俗信があり、それを逆用して、眉をわざと掻いて思う人に逢うおまじないとすることがありました。その効果があって、恋しい男性に逢えた喜びを歌っているのですが、その眉を「三日月の眉根」と表現するところが、家持の歌と同じ発想に基づいています。

この歌の作者の坂上郎女は、家持の父旅人《たびと》の異母妹で、家持にとっては叔母ですが、旅人は天平三年に亡くなっていましたから、大伴氏一族の家刀自《いえとじ》（女主人）であった彼女が、家持の保護者の立場にありました。

詠物歌の多くは宴会で作られたので、二首の「初月《みかづき》の歌」は、同じ場で詠まれた可能性があります。そしておそらく家持の作は、坂上郎女の歌に倣ったのでしょう。和歌は、家持の祖父安麻呂《やすまろ》、父旅人と、大伴氏のお家芸の観がありますが、坂上郎女はそれを、次代を担う家持に仕込む役割を果たしたのだと思います。

それにしても家持の歌が、趣向は漢詩や坂上郎女に倣ったといっても、歌全体としては決して真似に終わっていないことに注意しなければなりません。振り仰いで見る三日月は、薄暮の中、ほんのりと白く見えるものです。その淡い月と、たった一目しか見なかった美しい人の眉のほのかな印象は、よく調和しています。そしてこの光の描写は、家持を特徴づける鋭い感覚が、生来のものだったことを語ってもいるのです。

❷ 逢えない人のよすがに

我《わ》がやどに蒔《ま》きし撫子《なでしこ》
　いつしかも花《はな》に咲《さ》きなむなそえつつ見《み》む

【現代語訳】 私の家の庭に蒔《ま》いた撫子《なでしこ》は、早く花が咲かないでしょうか。あなただと思って見られましょうに。

（『万葉集』巻八・一四四八）

家持の最初の結婚相手は、この歌の贈り先である大伴坂上大嬢《おおとものさかのうえのおおおとめ》だったと考えられます。彼女は、家持の叔母である坂上郎女《さかのうえのいらつめ》の娘で、長女なので大嬢と呼ばれています。この結婚には、おそらく母坂上郎女の意思が働いていたのでしょう。

坂上郎女は、佐保大納言《さほだいなごん》と呼ばれた大伴安麻呂《やすまろ》と後妻石川郎女《いしかわのいらつめ》との間に生まれています。家持の父旅人《たびと》は先妻の生んだ長子なので、腹違いの兄にあたります。坂上郎女の歌に対する注記によると、彼女は最初、天武天皇の子、穂積皇子《ほづみのみこ》と結婚し、皇子が和銅八年（七一五）に亡くなると、当時隆盛を極めつつあった藤原不比等《ふじわらのふひと》の子麻呂《まろ》が求婚してきました。大伴氏の令嬢にふさわしい華やかな経歴です。

しかし麻呂とは結局長続きせず、最終的に選んだのは、もう一人の異母兄大伴宿奈《すくな》麻呂《まろ》でした。坂上の里（平城京の北部か）に住んで、「坂上郎女」と呼ばれるようになりました。母石川郎女も「佐保《さほ》大伴の大家《おおとじ》」と呼ばれた大伴氏の中心となる女性でしたが、その跡をついだのです。

女主人としての坂上郎女の役割は、荘園の監督や宴会のホステス役、一族の神の祭りなど多岐にわたりましたが、特に重要なのは、一族の中での結婚を斡旋することだったようです。自分も異母兄と結婚したように、近親同士で結びつくことで、財産の散逸を防ぎ、結束を固めるのです。

これは大伴氏に限らず、皇族を含め、当時の貴族社会一般の傾向でした。ただし当時の結婚の通例で、すぐに同居はしません。歌の贈り先は「坂上の家の大嬢」となっていて、まだ実家である坂上の家にいることがわかります。歌の内容も、いつも逢えるわけではない、その人を思うよすがとして撫子《なでしこ》の種を蒔いた、それが早く花咲かないだろうか、というものですから、別居したままであることは明らかです。

ここに歌われる撫子は、現在カワラナデシコと呼ばれる種類で、初秋に咲き、山《やまの》上《うえのおくら》憶良の歌では秋の七草にも数えられています。色美しく可憐な上に、呼び名が「なでしこ」（撫でた子）というので、女性に見立てるにはぴったりの花です。

家持には後年、越《えっ》中《ちゅう》守《のかみ》（現在の富山県の長官）として赴任した際にも、京に残してきた坂上大嬢《さかのうえのおおおとめ》を偲んで、

撫子《なでしこ》が花見るごとにおとめらが笑《え》まいのにおい思おゆるかも

（撫子の花を見るたびに、乙女の笑顔の輝きが思われるなあ）

と歌っています。ただし、家持との間に子をもうけて亡くなった「妾《おみなめ》」と呼ばれる女性も（53頁参照）、年上の恋人だった紀女郎《きのいらつめ》も、撫子にたとえられているので、坂上《さかのうえの》大嬢《おおおとめ》に限ったことではありません。後に「家婦《かふ》」（一家の女主人）と呼ばれるようになる大嬢ですが、若い頃は多くの女性の中の一人だったのです。

種を蒔いた撫子が早く咲かないか、という歌い方には、まだ幼さの残る大嬢が、早く大人になってくれないだろうか、という寓意が隠されているようにみえます。大嬢との最初の結婚は、おそらく天平四年（七三二）前後で、家持は十五歳、大嬢はさらに年下だったでしょう。早すぎた結婚は、どうもうまくゆかなかったようです。

大嬢との相聞歌《そうもんか》には空白期間があり、その間に多くの女性とのやりとりが挟まっています。家持が元の鞘に収まるためには、しばらくの女性遍歴が必要だったのかもしれません。

❸ あらかじめ決まっていた恋の終わりに

なかなかに黙《もだ》もあらましを
何《なに》すとか相《あ》い見《み》そめけむ遂《と》げざらまくに

【現代語訳】 いっそのこと、黙っていればよかったのに、何だって逢い始めたのでしょうか。添い遂げられそうもなかったのに。

（『万葉集』巻四・六一二）

若き日の家持と交渉のあった他氏族の女性の名は、『万葉集』の中では、「某女郎《いらつめ》」「某娘子《おとめ》」と記されています。大伴氏内部では、家持より上の世代の女性が「郎女《いらつめ》」、同世代の女性が「大嬢《おおおとめ》」「二嬢《おとおとめ》」などと呼ばれていて、他氏族とははっきり区別されています。また「女郎《いらつめ》」と呼ばれるのは比較的有力な氏族、「娘子《おとめ》」はそれより一段下の生まれの女性で、恋においても、そうした身分の差別が厳然としてあったのです。

貴族同士の結婚は、氏族間の外交という側面を持っていました。そして『万葉集』に見る限り、家持の相手に大伴氏ほどの名族の女性は見当たりませんので、その関係では、おのずと家持が主導権を握っていたと思われます。

この歌を贈られた笠女郎《かさのいらつめ》もまた、そうした関係にあった女性の一人です。笠氏は名のある氏族の一つですが、筑紫観世音寺《つくしかんぜおんじ》の別当《べっとう》を務め、家持の父旅人の友人であった沙弥満誓《しゃみまんぜい》（俗名 笠麻呂《かさのまろ》）が在俗中、従四位上《じゅしいのじょう》に昇ったのが目立つくらいで、大伴氏のように今の国務大臣にあたる議政官《ぎせいかん》を出す家柄ではありません。

笠女郎は、二十九首もの恋歌を家持に贈っています。他のどの女性よりも多く、また彼女の歌はすべて家持宛の恋歌です。しかしそれは、むしろ彼女の恋が苦しく切ないものであったことを語っています。そして時が進むに従って、家持に訴えるというより、自身の中に沈潜するような歌が目立つようになります。独特で真情に溢れ、彼女の才気を感じさせる歌が多く含まれていますが、その歌才は片恋《かたこい》の苦しみと引き換えに花開いたのでした。

ついに笠女郎は、

相《あ》い思わぬ人を思うは大寺《おおてら》の餓鬼《がき》の後《しり》えに額《ぬか》つくごとし

（互いに思ってくれない人を思うのは、まるで大寺にある餓鬼像《がきぞう》の尻に向かって、額《ひたい》をつけて拝むようなものよ）

という捨て台詞を残して、故郷飛鳥《あすか》へと帰ってゆきました。しかしそれでも、女郎《いらつめ》は諦めきれず、飛鳥から二首を家持に送ってきています。

心ゆも我《あ》は思わずきまた更に我《あ》が故郷《ふるさと》に帰り来《こ》むとは

（心の片隅でも思っていませんでした。今さら自分の故郷に戻って来ようとは）

近くあれば見ねどもあるをいや遠《とお》に君《きみ》がいまさばありかつましじ

（近くにいれば逢わなくてもいられますが、いよいよ遠くにあなたが行ってしまったら、生きていけそうにありません）

家持のほうはというと、二十九首の歌が贈られているのに、何とこの二首に対する返歌しか残していません。折々に贈られた笠女郎の歌を全く無視していたとは考えられないのですが、この辺りは家持自身が編集していると思われ、都合が悪いのか、交際中の歌は抹消してしまったようです。しかもその二首の返歌たるや、けんもほろろとしか言いようがありません。一首目は、

今更に妹《いも》に逢わめやと思えかもここだく我《あ》が胸《むね》いぶせくあるらむ

（もうこれからあなたに逢うことはないと思うから、こんなにも自分の胸は塞がるのでしょうか）

心が晴れないと言いながら、実のところ、もう二度と逢う気がないという訣別の歌です。そして取り上げた二首目の歌は、どうせ成就するはずのない恋なのだから、最初から付き合わなければよかったのに、という二人の仲の全否定になっています。

あまりにむごい言いようで、笠女郎に対しては、しきりに同情されてなりません。

❹ 恋の手練を楽しみながら

我《あ》が君《きみ》に戯奴《わけ》は恋《こ》うらし
　賜《たば》りたる茅花《つばな》を食《は》めどいや痩《や》せに痩《や》す

（『万葉集』巻八・一四六二）

【現代語訳】 私のご主人様（紀女郎《きのいらつめ》）を、この若造め（家持）は恋しく思っているようでございます。いただいた茅花《つばな》を食べましたが、ますます痩せに痩せてゆきますから。

この歌は、紀女郎《きのいらつめ》という女性の贈ってきた歌に対する返歌です。「我《あ》が君《きみ》」と呼ばれているのが紀女郎、「戯奴《わけ》」は家持の自称です。平安時代になると、女性も「君」と呼ばれるようになりますが、『万葉集』では女性は「妹《いも》」「子《こ》」などとされるのが普通で、「君」と呼ぶのは特殊な場合に限られます。また戯奴《わけ》という語は、若い衆といった意味と思われますが、やはり稀にしか現れません。

そうした特殊な言葉を使うのは、紀女郎の贈歌にそれが含まれているからです。

戯奴《わけ》がため我《あ》が手もすまに春の野に抜ける茅花《つばな》そ召《め》して肥《こ》えませ

(若い衆のために私が手を忙しく働かせて春の野で摘んできた茅花《つばな》です。召し上がってお太りなさい)

昼《ひる》は咲き夜《よる》は恋い寝る合歓《ねぶ》の花君《はなきみ》のみ見めやわけさえに見よ

(昼は咲いて、夜は恋しく思いながら寝るという合歓《ねむ》の花です。主人である私だけが見ていてよいものでしょうか。若い衆もご覧なさい)

第一首は、戯奴という字面に「変《かえ》して和気《わけ》という」と注を付けて、その読み方を示す凝りようです。つまり紀女郎は、家持を若い衆と呼びつつ、遊び相手の下僕として扱うのです。無論冗談ですが、かなりきわどい媚態を含んでいます。

紀女郎は、二首に歌われた茅花《つばな》と合歓《ねぶ》の花とを一緒に送ってきていました。茅花は、チガヤの花穂が出たばかりのとき、甘みがあるのを食べるのですが、子どもが野原で遊んでいるときに抜いておやつに食べる程度のものです。「召して肥えませ」は、家持を坊や扱いしてからかっているのです。

一方「合歓《ねぶ》」は、夜間に、向かい合う小葉が閉じるので、「眠《ねぶ》」と名づけられたそうです。これを男女交合のさまに見立てたのが「合歓」の字面で、当時中国でも「合歓樹」と呼ばれていたようです。したがって、こちらはあらわにエロティックな連想を含んでおり、「君のみ見めやわけさえに見よ」は、共寝の誘いと受け取っても無理がない表現です。緩急自在というか、まるで家持を翻弄するかのようです。

家持は、紀女郎の仕掛けた趣向に乗りながら返歌します。茅花の歌に対しては、私めは、ご主人様が恋しくて、せっかくいただいたおやつも空しく、どんどん痩せていきます、と歌いました。そして合歓の花の歌には、
我妹子《わぎもこ》が形見《かたみ》の合歓《ねぶ》は花のみに咲きてけだしく実《み》に成らじかも

（我が愛しい方が形見に下さった合歓は、花ばかりが咲いて、おそらく実にはならないのではないでしょうか）

と答えています。言葉ばかり上手ですが、きっと本気ではないのでしょう？ といったところでしょうか。こうした相手の誠意を疑い、さらなる言質を引き出そうとする歌は、女性の歌に多いのですが、このカップルは完全に役割が転倒しています。

このように見てくると、紀女郎は家持よりかなり年上だったと考えられます。彼女は、もと安貴王《あきのおおきみ》という天智天皇の曾孫にあたる人の妻でしたが、安貴王が采女《うねめ》（天皇の後宮に仕える女性）と密通したことが露見したために、離婚したようです。紀鹿人《きのかひと》という五位《ごい》に昇った官僚の娘で、父にちなんで名を小鹿《おしか》といいました。なぜこのように詳しくわかるかというと、安貴王が采女を恋しく思う歌や、紀女郎が夫を恨む歌まで、家持が『万葉集』に載せているからです。特に「小鹿」の名は、紀女郎の歌が現れるたびに注記しているのでした。

手管《てくだ》に翻弄されながら、家持はこのバツ一女性に本当に執心していたようです。坂《さかの》上大嬢《うえのおおおとめ》とよりを戻した後も、紀女郎との相聞歌の贈答は並行して続いています。

❺ 夢と現実のはざまで

夢《いめ》の逢《あ》いは苦《くる》しかりけり

おどろきて掻《か》き探《さぐ》れども手《て》にも触《ふ》れねば

（『万葉集』巻四・七四一）

【現代語訳】 夢での出会いは苦しいものでした。目覚めてまさぐり探しても手に触れることもないのですから。

大伴坂上大嬢《おおとものさかのうえのおおおとめ》に贈った恋歌です。大嬢との仲は、いったん途絶えた後、復活したもので、家持は正直に、「離絶《りぜつ》すること数年、復《ま》た会いて相聞往来《そうもんおうらい》す」と題詞に注記しています。時期は天平十二年（七四〇）、家持、二十三歳頃でしょうか。

歌の贈答を繰り返しながら、家持はさまざまに趣向を凝らします。この歌もその一つです。夢の世界で出会えても、目覚めてみれば、いくら探っても手にも触れないので、かえって空しく、苦しい思いが残る。そういう斬新な夢の歌でした。『万葉集』では、夢はユメといわず、イメすなわち睡眠（イ）中の目（メ）といいました。したがって夢の歌は、何かを「見る」、何かが「見える」という表現が普通で、平安朝の和歌の「夢路《ゆめじ》」のように、夢が一つの世界として扱われることは稀なのです。

この歌の趣向は、唐代の小説『遊仙窟《ゆうせんくつ》』に元があります。山奥に迷い入った主人公と仙女《せんにょ》との一夜の恋を描くこの小説の中に、自室に戻った仙女を、居眠りした主人公が夢に見て、目覚めて探っても手に触れないので落胆するという場面があります。この小説は、日本ではみやびの極みのように珍重されました。家持がそれを和歌に取り込むのは、最新流行の知識を坂上大嬢にひけらかすようなところがあったのでしょう。

❻ お互いを思いやる友

ほととぎす楝《おうち》の枝《えだ》に行《ゆ》きて居《い》ば
花《はな》は散《ち》らむな珠《たま》と見《み》るまで

【現代語訳】 ほととぎすが楝《おうち》（センダンの古名）の枝に行ってとまったら、花は散るでしょうね、珠玉に見えるほどに。

（『万葉集』巻十七・三九一三）

『万葉集』の巻十七から最終の巻二十までは、家持の歌を中心にして日付順に配列されているので、「家持歌日誌《やかもちうたにっし》（日記）」などとも呼ばれます。また巻十六以前の制作年月日のわかる歌は、家持の作品を含めて全部天平十六年（七四四）以前の作であるのに対して、巻十七以降は、最初の三十首余りを除いてすべて天平十八年より後の作なので、巻十六以前を「第一部」、巻十七以降を「第二部」と呼んだりもします。

ただし巻十七以降の四巻に、家持が天平十八年以降作った、すべての歌が載っているわけではなさそうです。

たとえば、家持が越中守《えっちゅうのかみ》として赴任していた時期の歌がそこにはたくさんあるのですが、家持は三年ほど単身赴任だったにもかかわらず、妻坂上大嬢《さかのうえのおおおとめ》を恋しく思う独詠歌はあっても、彼女との相聞歌は一首もありません。また他の女性から越中に贈られてきた恋歌は、十二首が越中時代の歌の最初にまとめて載せられていますが、家持から贈った歌は皆無です。基本的に律令《りつりょう》官僚としての家持の精神生活を表現する歌で占められていて、他者とのやりとりも、官僚同士の共感と友情の表現がほとんどです。つまり男の世界なのです。

官僚生活を歩み出した頃、最初に家持の歌の友となったのは、弟の書持《ふみもち》だったようです。書持は、家持とともに官僚同士の宴席に出て作歌したり、家持の「妾《おみなめ》」の挽歌を、家持とともに作ったりしています。取り上げた歌は、書持が贈ってきた歌に対する家持の返歌です。

玉に貫く棟《おうち》を宅《いえ》に植えたらば山ほととぎす離《か》れず来《こ》んかも

と書持は歌いました。五月五日の端午の節句のために薬玉《くすだま》を作るとき、棟《おうち》の葉を貫いて飾る習慣があります。その棟を家の庭に植えたら、ちょうど初夏に咲く棟の花を愛でに、山ほととぎすはこれからもずっと来てくれるだろうか、というのです。この歌は「ほととぎすを詠む」と題されていて、内容もほととぎすのことだけのようにみえます。しかしそれは表向きで、裏に隠された意味があるのです。

書持の歌が作られた天平十三年当時、都は平城京を離れて、山城国《やましろのくに》の久邇京《くにのみやこ》（恭仁京）に移っていました。現在の京都府木津川市加茂の地で、平城京からは山一つ越えたところですが、家持は天皇直属の内舎人《うどねり》でしたから、山の中の久邇京にいなくてはなりません。一方、書持はまだ官職に就く年齢でないために、平城京の自宅に留まっていたようです。兄弟は別々に住むことを余儀なくされたのです。

ほととぎすは、ふだんは山にいて、初夏になると里に下りてくると考えられていました。そのほととぎすに、棟《おうち》を植えてまで、自分のところに来てもらいたい、というのは、それだけ周囲が寂しく、慰まなかったからでしょう。特に「山ほととぎす」と呼んでいるのは、山の中にいる家持の形代《かたしろ》と見ているからだと思われます。要するに、書持は、兄家持に対する慕情を、ほととぎすに託して訴えているのです。

家持は、棟《おうち》を平城京の自宅に植えるという弟の想像に、ほととぎすが枝にとまって、その拍子に棟の小さな花弁が珠玉のように散る、という美しいイメージを加えました。その美への憧れは、華やかだった平城京への郷愁と連続しているのでしょう。そしてそれは、自宅や、そこに今もいる弟への親愛の情とも包み合っていたはずです。

身分ある男同士の交友は、「淡交《たんこう》」などといって、べたべたせず、また多言を要せずして理解し合うものでなければなりません。お互いを思う言葉も、直截ではなく、それとなく伝える配慮が必要でした。若き家持と書持の兄弟は、和歌でそうした言葉を紡ぎ出す方法を、一緒に探していたように思われます。

❼ 雪にちなんで祝い喜ぶ

大宮《おおみや》の内《うち》にも外《と》にも光《ひか》るまで
降《ふ》らす白雪《しらゆき》見《み》れど飽《あ》かぬかも

（『万葉集』巻十七・三九二六）

【現代語訳】 大宮の内でも外でも光るほどに降っている白雪は、見ても見ても見飽きません。

天平十八年（七四六）正月、平城京に一〇センチほど雪が降り積もりました。左大臣橘諸兄《たちばなのもろえ》は、諸王諸臣を引き連れて、元正《げんしょう》（太上《だいじょう》）天皇《てんのう》の宮に参上し、雪かきの奉仕をしました。中国で、正月の雪は豊年を示す予兆とされていましたから、雪かきは口実で、祝宴を開くのが目的です。諸兄《もろえ》ら主だった貴族たちは御殿の上に、四位《しい》・五位《ごい》の実務官僚たちは、隣の細殿《ほそどの》という建物に並んで、元正天皇臨席の宴会が始まりました。

諸兄は当時六十一歳、天皇の言葉を受け、自分の白髪を雪になぞらえて、

降る雪の白髪《しろかみ》までに大君《おおきみ》に仕《つか》え奉《まつ》れば貴《とうと》くもあるか

（降る雪のように白髪になるまで、大君にお仕え申し上げて、ありがたいことです）

と歌いました。その後二十人を超える官僚たちが次々に雪の歌を献上しています。

家持の歌は、雪の白さを「光る」と表すところに漢詩の趣向を取り入れ、「見《み》れど飽《あ》かぬかも」という、柿本人麻呂《かきのもとのひとまろ》以来、伝統的に使われてきた最高のほめ言葉でまとめています。型どおりといえばいえるのですが、それは、家持の緊張を表しているようです。家持は、この前の年に、従五位下《じゅごいのげ》に昇進したばかりでした。初めて経験した晴れがましい場として、家持は出席者全員の名前を記録しています。

❽ 歌を通じての交友を糧として

幼年《ようねん》に山柿《さんし》の門《もん》に至《いた》らずして、裁歌《さいか》の趣《おもぶき》、詞《ことば》を聚林《じゅりん》に失《うしな》う。

【現代語訳】 幼い頃、「山柿《さんし》の門《もん》」に学ぶことがなかったので、歌の作りようは、言葉を林の中で失くしたようなありさまです。

（『万葉集』巻十七・三九六九　書簡文）

天平十八年（七四六）の秋、家持が越中守《えっちゅうのかみ》として赴任すると、そこで新たな歌友ができました。越中掾《えっちゅうのじょう》（三等官）だった同族の大伴池主《おおとものいけぬし》です。池主は傍系の生まれのようで、官位は高くありませんが、漢詩文や和歌に詳しく、家持の熱意を受け止めるのに恰好の人物でした。

後に詳しく述べますが、家持は赴任の翌年、病に沈みます。その病中に感じた情を文芸化することに、家持は興味を見出すのです。男子が、志を抱きながら、無為に寝ていなければならない状況は、漢詩文では伝統的に主題とされてきたことで、日本では山上憶良《やまのうえのおくら》が、「老身に病を重ね、年を経て辛苦し、子等を思うに至る歌」（長歌）などと、独自な形で作品化していました。

遣唐使の経歴を持つ憶良は、家持にとって尊敬の対象となっており、憶良と、家持の父旅人《たびと》が九州の大宰府《だざいふ》で繰り広げた、文芸を通じての交友は、理想とも、モデルとも感じられていたはずです。地方に暮らす者同士が、身分の差を超えて、ともに文芸に遊ぶ……家持にとっての池主は、旅人にとっての憶良に見立てられたのでしょう。

「山柿《さんし》の門《もん》」という語で知られるこの一節は、「更に贈る歌」と題される歌に添えられた書簡文の中にあります。さらに贈答を発展させようとする中で述べられているのですから、作歌に対する大いなる意欲を背景にしているとみるべきでしょう。若い頃から歌の勉強をしてこなかったので歌が下手なのですというのは、無論、池主《いけぬし》に向けた謙遜で、むしろこれまで歌や漢詩文を学んできたことの自負と、それをステップにして新たな歌の世界を構築することへの自信を表しているようにみえます。

「山柿の門」は、過去の大歌人のことであるのは動かないのですが、誰を指しているのかについては諸説があります。『古今集』の序で、「柿《かきの》」本人麻呂《もとのひとまろ》と「山《やま》」部《べの》赤人《あかひと》を並び立つ『万葉集』の歌聖としていることから、古くは両者の併称とするのが普通でした。ところが実際の『万葉集』では、人麻呂に比べると、赤人はそれほど重要な歌人として扱われていません。そこで、この時期における、憶良に対する家持の傾倒ぶりを考慮して、「山」上憶良を指すとする見方が出てきたのです。

しかし、赤人にしろ、憶良にしろ、人麻呂より後の歌人です。人麻呂の年代のわかる最新の歌は文武天皇四年（七〇〇）、赤人・憶良は神亀年間（七二四〜九年）以降が活動の中心です。それがわからなくなった平安時代ならいざ知らず、赤人・憶良の活動時期に少年だった家持が、彼らと人麻呂を併称し、しかも彼らを人麻呂より先立てて「山柿」というのは考えにくいように思われます。

ここでは、「山柿」の一語で柿本人麻呂を指すという説に従っておきましょう。人麻呂は『万葉集』の中ですでに伝説化され、その歌は規範として扱われています。家持は、遠い昔の大歌人、人麻呂に憧れながら、実際には赤人や憶良の歌から多くを学んで、自分の歌を形成してゆきました。「山柿の門」は、これまでの和歌の歴史を引き継ごうとする家持の宣言のようなものです。

池主は、憶良が旅人とは全く違う作品を作って張り合ったのとは異なり、家持のサポート役に徹しました。家持の書簡に対しては、「山柿《さんし》の歌泉《かせん》も、これに比《くら》ぶれば蔑《な》きがごとく」と応えて励ましています。若い家持には、そのほうがありがたかったのでしょう。しかし池主は、やがて隣国越前《えちぜん》へと転出してしまいます。

池主に匹敵する歌友はもう越中には現れず、家持は孤独をかみしめながら、その後の四年間、時折、越前の池主と歌の贈答を交わしながら、それまでの和歌や漢詩文の成果を生かした歌を多く作ってゆきます。

❾ 笑いを文芸化する精神

石麻呂《いしまろ》に我物申《われものまお》す

夏痩《なつや》せに良《よ》しというものそ鰻《むなぎ》取《と》り召《め》せ

【現代語訳】 石麻呂《いしまろ》さんに申し上げます。夏痩《なつや》せによいということです。どうぞ鰻を捕って召し上がってください。

（『万葉集』巻十六・三八五三）

『万葉集』巻十六は、全二十巻の中でも、とびきり変わっています。複数の男に求婚されて進退きわまった女性の悲劇を悼む歌に始まり、冥界の王とか人魂《ひとだま》とかの「恐ろしきもの」を歌う三首で終わっています。その中で支配的なのは「笑い」の要素です。物語的な歌の中に「竹取《たけとり》の翁《おきな》」の歌があるのですが、ここに現れる竹取の翁は、かぐや姫とは関係がなく、九人の乙女が野原で遊んでいるところに近づいていって、声をかける変なおじさんです。翁は最初もてあそばれ、笑われる役回りなのですが、自分が若い頃、いかに美男でもてたかを長々と歌いだすと、乙女たちは一転して、みな翁のことが好きになってしまう、という考えられない展開になります。

さて、その笑いの中でも目立つのは、人を嘲る歌です。たとえば、池田朝臣《いけだのあそみ》という男が大神朝臣《おおみわのあそみ》という男を笑う歌、

寺々《てらでら》の女餓鬼《めがき》申《まお》さく大神《おおみわ》の男餓鬼《おがき》給《たば》りてその子生《こう》まわむ
（諸寺の女の餓鬼《がき》が申すには、大神の男餓鬼をいただいて、その子を生みたいとさ）

では、大神朝臣が痩せているのを、餓鬼道《がきどう》に落ちた亡者に見立てているのです。
からかわれた大神朝臣は反撃します。

仏作《ほとけつく》る真朱《まそほ》足らずは水たまる池田の朝臣《あそ》の鼻の上を掘れ

（仏像を作るのに、塗料の朱が足りなければ、池田の朝臣の鼻の上を掘りなさい）

池田の朝臣は、酒の飲みすぎで、鼻の先が赤かったのでしょう。それを水銀から作る朱に見立てているわけです。今の目から見れば、肉体的欠陥を笑う、けしからぬ歌々ですが、官僚・貴族たちのくつろいだ素顔を見せてくれる点では貴重です。

家持もそうした歌の制作に参加します。この歌で「石麻呂」と呼ばれているのは、本名を吉田老《よしだのおゆ》という人で、家持の付けた注によると、ひどく痩せていて、たくさん飲み食いするのに、まるで飢えた人のようだったといいます。それをからかって家持が、夏痩せには鰻が効くから、捕って食べたらどうかと歌ったのです。

蒲焼という調理法が開発されたのは江戸時代らしく、それまでは、ぶつ切りを串に刺して焼き、塩や味噌をつけて食べるのが普通だったようです。蒲焼の味を知っている者にとっては、あまり食欲をそそられませんが、ビタミンが豊富で、夏ばてに効くことは、古代から経験的に知られていたようです。

家持はガールフレンド紀女郎《きのいらつめ》に茅花《つばな》を贈られ、「召《め》して肥《こ》えませ」とからかわれた経験がありますから（27頁参照）、それを石麻呂にやり返したのかも知れません。しかし家持は鰻を贈ったのではありません。自分で鰻を捕まえて食べなさい、と言っているのです。そしておまけにこう付け加えました。

痩《や》す痩《や》すも生《い》けらばあらむをはたやはた鰻《むなぎ》を取ると川に流るな

（痩せていても生きていられればよいのですから、万が一にも、鰻を捕ろうとして川に流されてはなりません）

痩せているから、簡単に押し流されそうだ、と忠告顔で馬鹿にしているのです。ずいぶん人の悪い冗談のようですが、言われた当人は、それほど悪い気はしていなかったのかも知れません。自分の個性を捉えて文芸化してもらったと考えることもできるからです。

五世紀前半の中国には、『世説新語《せせつしんご》』など、奇人・変人の逸話集がありました。そこには、二人とないそれぞれの人物を、歴史の中に記録しようとする精神があるようです。そうした精神に学びながら、『万葉集』の歌に多様性を持たせることに、家持は案外本気だったように思います。

⑩ 防人の苦しみ、悲しみに共感する

家人《いえびと》の祝《いわ》えにかあらむ
平《たいら》けく船出《ふなで》はしぬと親《おや》に申《まお》さね

【現代語訳】家の人たちが祈願してくれたためでしょうか、無事に船出しました、と私の両親に申し上げてください。

（『万葉集』巻二十・四四〇九）

『万葉集』の多様性は、地域や身分の面にも及んでいます。古代では、先進文明が大陸や朝鮮半島のほうからやってきたので、相対的に東国は後進地域でしたが、その東国の身分の低い人たちの歌に、『万葉集』はかなりのスペースを割いています。一つは巻十四全体の「東歌《あずまうた》」、もう一つは巻二十の半分近くを占める「防人歌《さきもりうた》」です。「東歌」の来歴ははっきりしないのですが、「防人歌」は、「家持歌日誌（日記）」の中に入っていて、家持の編集によることが明らかです。

当時、朝鮮半島を統一していた新羅《しらぎ》との間は険悪だったので、九州各地を防衛するために兵士を置く必要がありました。その際、朝廷は、完全に支配していた東国の軍団から兵士を派遣したのです。そうした防人《さきもり》たちは、武蔵《むさし》や常陸《ひたち》など各国から国司の役人（部領使《ことりづかい》）に率いられて難波津《なにわづ》まで徒歩で到来し、そこから船に乗せられて瀬戸内海を西に向かいました。天平勝宝七歳（七五五年。この後三年間だけ「年」を使わず「歳」という）春、家持は兵部少輔《ひょうぶしょうふ》の官にあり、防人たちの管理のために難波に下っていました。そこで家持は、九州に向かう防人たちの歌に出会ったのです。

防人たちの歌は、各国の部領使《ことりづかい》らによって記録され、まとめて提出されています。

その中から、家持は「拙劣」な作を除いて『万葉集』に掲載しました。各国の防人歌の末尾に提出された数が記されており、総計百六十六首、掲載されているのが八十四首ですから、半分近くが削除された計算です。防人歌の中には、

唐衣《からころも》裾《すそ》に取り付き泣く子らを置きてそ来《き》ぬや母《おも》なしにして

（唐衣の裾に取りすがって泣く子たちを置いて来たことだよ。母親もいないのに）

といった絶唱もあるのですが、多くは類型的で、内容に偏りがあります。「大君《おおきみ》の命《みこと》かしこみ」（天皇のご命令を恐れ多く思って）といった表現が七例もあり、大部分が二十歳を超えていたはずなのに、両親を思う歌が四分の一に及んでいます。どうも、防人たちの前に見本が示されていて、それに倣って作るように指導されていたと考える以外になさそうです。異なる歌を接合したり、既存の歌の語句を入れ替えたりして作ったために、時間的・空間的に混乱をきたしているような歌もみられ、家持が「拙劣」と判断した作は、そのはなはだしいものだったろうと推測されます。

防人たちは、ふだんから作歌に親しんでいたわけではなく、防人に任じられて初めて歌の提出を求められたのでしょう。どれだけ辛い思いをして出てきたか、家族を犠

牲にしてきたかを歌うことが、朝廷あるいは天皇に対する忠誠の誓いとなっていたのです。定型和歌は、基本的に朝廷に仕える役人のものといわねばなりません。

しかし防人たちの歌ったことは偽りだった、と考える必要はないでしょう。和歌は、すでにある歌の型を利用して歌うのがむしろ普通でしたし、まして初心者なら手本に従って作るのが当然ともいえるからです。三年もの間、遠く離れた九州で任務に就くことは、本人にとっても、家族にとっても、想像を絶する苦痛であり、それを言葉にし、作品に結晶させることは、いくぶんかの慰めになったはずです。

家持は、防人たちの歌を、役人たちが提出した順番に掲載する一方、その間に自作を挟みこんでいます。取り上げた歌は、防人に同情して作った三首の長歌のうち、最後の作品に付された反歌です。防人の心になって、自分の無事を祈っているだろう家族を思い、ここまでの無事を親に報せてほしいと歌っています。

こうした心情は、家持がかつて越中守《えっちゅうのかみ》として赴任していたときの作にも見られるものでした。家持と防人とは、天と地ほどの身分差があるのですが、それを超えて、家持は防人に、私を犠牲にして公に仕える者同士の共感を抱いていたのです。

《家持のキーワード ①「万葉仮名」》

『万葉集』の時代は、まだ平仮名・片仮名という日本語専用の文字がありませんでした。当然、和歌を書く場合もすべて、中国語のための文字、漢字によって書くことになります。

今でも漢字の読み方には、音読みと訓読みがありますが、『万葉集』の歌の書き方も、両者のどちらか、または両者を組み合わせて使います。

例えば家持が笠女郎《かさのいらつめ》に送った歌（22頁参照）は、

中々《なかなか》者《に》黙《もだ》毛《も》有益《あらまし》平《を》何《なに》為《す》跡《と》香《か》相《あい》見《み》始《そめ》兼《けむ》不　遂《とげざらまく》尓《に》

と書かれています。「黙」「何」「為」などは、漢字の意味に相当する日本語を表しているので、「訓字《くんじ》」といいます。一方、「毛」は助詞モ、「乎」は助詞ヲ、「兼」は助動詞ケムを、それぞれ音で表しているので「音仮名《おんかな》」といいます。さらに「益」や「香」をマシ・カなどと読むのは、訓読みですが、いわば当て字で、その字の意味どおりの日本語を表しているのではありません。こういうものを「訓仮名《くんかな》」といいます。この音仮名・訓仮名がいわゆる「万葉仮名《まんようがな》」で、「仮名」というのは要するに、その字の意味を捨てて使う字ということなのです。

今『万葉集』に残っている字面は、作者の使った文字遣いをよく留めています。ただし一人の作者がいつも同じ書き方をするわけではありません。「波流能波奈《はるのはな》」（89頁参照）のように、全体を音仮名で書く書き方をした歌も、巻十七以降の家持作には多くあります。

Ⅱ　生きること、死ぬこと

⑪ 人を喪った悲しみを力に

今《いま》よりは秋風《あきかぜ》寒《さむ》く吹《ふ》きなむを
いかにか独《ひと》り長《なが》き夜《よ》を寝《ね》む

【現代語訳】 今からは秋風が寒く吹くに違いないのに、どうやってひとりで秋の夜長を寝たらよいのでしょうか。

（『万葉集』巻三・四六二）

題詞に「十一年己卯《きぼう》の夏六月、大伴宿禰家持《おおとものすくねやかもち》、亡《す》ぎにし妾《おみなめ》を悲傷《かなし》びて作る歌一首」とあります。天平十一年（七三九）、家持は二十二歳で「妾《おみなめ》」を亡くしました。この女性のことは、家持の挽歌《ばんか》以外、何の知る手立てもありません。家持は、従妹大《おお》伴　坂上大嬢《とものさかのうえのおおおとめ》といったん結婚した後、離別しており（21・31頁参照）、もう一度結婚するまでの間にこの女性がいたのでしょう。坂上大嬢が後に正妻となるので、妾《おみなめ》と呼ばれているのですが、これに続く歌に遺児のことも詠まれており、生きていれば、この女性が正妻となったかも知れません。家持の悲しみは深かったでしょう。

しかし、家持は、この女性が亡くなったときに歌を作ったのではないと思います。亡くなった直後に作られたのなら、題詞が「妾《おみなめ》の死にし時に」などとあるはずで、「亡《す》ぎにし妾《おみなめ》を悲傷《かなし》びて」とあるのは、妾が亡くなってしばらく経ってからの作歌だからでしょう。同じく題詞に、「夏六月」とあるのに、「今よりは秋風寒く吹きなむを」とあるのは、この年の立秋が六月二十四日に来たからです。立秋といっても、太陽暦の八月三日ですから、これから暑くなる頃で、秋風が寒いという実感はないはずです。しかし家持にとっては、実感よりも、秋という季節が暦の上で来たことのほうが大事でした。まだ「夏六月」なのに、早くも立秋を迎えてしまったのをきっかけに、家持は挽歌を作り出したのです。

秋は悲しみの季節という観念は、私たちにもなじみ深いものです。だんだんと日が短くなり、寒くなってゆき、草木が生長を止め葉を落としてゆくようすは、万物の凋落を感じさせます。しかしそれはすでに出来上がった季節感に私たちが染まっているからであって、決して当たり前のものではありません。反面、秋は実りの季節であり、収穫の喜びの季節でもあります。

現に『万葉集』全体では、秋のイメージは、それほど暗くありません。『万葉集』で「もみち」といえば、色の変わる木の葉全般を指しますが、一般にそれは賞美の対象ではあれ、凋落を感じさせるものではないのです。家持自身、色づく木の葉をめでる宴に出席して、歌を披露することもありました。

秋を悲しむのは中国の季節感であり、中国古代の詩集『楚辞《そじ》』に、すでに、

悲しいかな、秋の気たるや。蕭瑟《しょうしつ》たり、草木揺落《そうもくようらく》して変衰《へんすい》す。

(悲しいことよ、秋の気というものは。風はさわさわとさびしく鳴っている。それで

草木は吹き散り、色も変わって衰える）

とあり、漢代になると、「悲秋」はほぼ固定的なイメージとなります。それが日本にも入ってきて、『古今和歌集』の時代には、

奥山《おくやま》にもみじ踏み分け鳴く鹿の声聞く時ぞ秋は悲しき（読人知らず）

月見れば千々《ちぢ》に物こそ悲しけれ我が身一つの秋にはあらねど（大江千里）

などと、やはり固定化し、現在に至っています。

家持は、中国由来の新たな季節感の中で、妾《おみなめ》を悼む挽歌を作ろうとしたのでしょう。秋になると冷たい風が吹くことは、五経の一つ『礼記《らいき》』にも「涼風《りょうふう》至り、白露《はくろ》降り……」とあります。それらに基づいて、中国六朝時代の、女性がひとり寂しく夫を待つ情を歌う詩には、孤独感をかきたてる素材として秋風が詠み込まれています。一方、秋の夜が長いことも、「寒夜方《かんやまさ》に綿々たり」などと詩に歌われるのでした。

亡妻の悲しみを歌うことは、中国の詩に始まりました。そして家持は、改めて中国詩の世界を背景に歌っているのです。妾《おみなめ》を喪った悲しみは、一面、家持独自の和歌創作へと向かう原動力でもあったのでした。

⑫ 無常を知り、なお悲しむ

うつせみの世《よ》は常無《つねな》しと知《し》るものを
秋風《あきかぜ》寒《さむ》み偲《しの》びつるかも

【現代語訳】 人の世は無常だと知っているけれども、秋風が寒いので、やはりあなたのことを思い出してしまいましたよ。

（『万葉集』巻三・四六五）

題詞に「朔《つきたち》移りて後に、秋風《あきかぜ》を悲嘆して家持が作る歌」とあります。前項の四六二番歌が、立秋を迎えての思いを歌っているのに対して、この歌は七月一日を迎えて後の感慨を述べています。旧暦は、太陽の運行による「二十四節気《せっき》」と、月の運行による「月」との、二つの異なった原理を組み合わせることで成り立っています。季節は双方の節目をかわるがわる通過して深まってゆくのでした。

四六二番歌とこの歌が、ともに秋風を歌っていることに注目されます。四六二番歌は、これから吹き始める秋風を歌い、この歌は吹いて身にしみる秋風を歌っています。無論、秋の深まりに応じているのですが、その呼応関係は偶然とは思われません。

そこで参考になるのが、家持の父、大伴旅人《たびと》が、天平二年（七三〇）、九州大宰府《だざいふ》から帰ってくるときの歌です。旅人は、二年前、大宰帥《だざいのそち》（大宰府の長官）として赴任した直後に妻の大伴郎女《おおとものいらつめ》を失い、来たときには二人でたどった道を、一人で帰ることになります。

京《みやこ》なる荒れたる家に一人寝《ね》ば旅にまさりて苦しかるべし

大宰府を出る直前の旅人の歌です。主のいない平城京の家は、赴任中に荒れてしまっているだろう、そこに一人で寝たならば、旅寝よりももっと苦しいに違いない、という歌です。その予想は当たっていました。家に戻った旅人は、すぐにこう歌います。

人もなき空《むな》しき家は草枕《くさまくら》旅にまさりて苦しかりけり

いるべき人がいないがらんとした家は、草を枕にするような旅よりももっと苦しいものだなあ、という感慨です。旅の初めと終わりを、予想と結果という形で結びつけることで、喜ぶべき帰京が、妻の不在によって、悲しく苦しいものでしかなかったことを印象づけているといえるでしょう。

時間を隔てた二つの歌が、予想と結果として結びつくという点で、旅人の二首と、家持の二首は、明らかに相似形を描いています。家持は、父が作り出した歌同士の呼応を、意識的に踏襲したのではないでしょうか。

父が残したもう一つの挽歌《ばんか》と、この歌との類似からも、父の後を追おうとする家持の姿を見て取ることができます。

世の中は空《むな》しきものと知る時《とき》しいよよますます悲しかりけり

大伴郎女の没後、奈良から親族の死の報せが届いたときに、旅人が作った歌です。

「世の中は空《むな》しきもの」とは、仏教の哲理「世間空《せけんくう》」をいうのでしょう。この世の万物は、すべて滅びる運命にある、空なるものであるということです。妻や親族の死によって、自分の生きる世界が、いかに空虚で頼りないものかを実感し、「世間空」とはこういうことかと納得したとき、旅人は一層の悲しみを感じているのです。仏教哲理は、旅人に、悟りではなく、いわば悲しみの形を与えています。

家持の「世《よ》は常無《つねな》し」は、これもよく知られた仏教哲理「世間無常《せけんむじょう》」を日本語に直した趣です。この世に何も確実なものがないという「世間空」は、時間的にみれば、何事も移ろってやまない「世間無常」となるでしょう。そして家持も、「世間無常」とは知っていても、秋風の冷たさに妾《おみなめ》を思わずにいられない、と歌います。知識としての教理は、やはり悟りを与えることなく、実感によって裏切られています。秋の深まりを契機に歌う中で、家持は父の歌を時間的に歌い直しているのです。

妾《おみなめ》の死の悲しみを歌にするとき、家持は単に自分の思いを吐き出すだけに留まりませんでした。老いて亡妻の悲しみを味わった父と自らを重ね合わせつつ、父の歌境や歌群の構成法を継承・発展させることが目論まれていたのです。

⑬ 愛しい人をどのように悼むか

妹《いも》が見《み》しやどに花《はな》咲《さ》き時《とき》は経《へ》ぬ
我《わ》が泣《な》く涙《なみだ》未《いま》だ干《ひ》なくに

【現代語訳】 愛しいあなたが見たこの庭に花が咲き、時は過ぎていきました。私の流す涙はまだ乾いていないのに。

（『万葉集』 巻三・四六九）

亡き「妾《おみなめ》」を悼んで、家持はさらに長歌作品を作りました。家持の長歌としては、もっとも早い時期のものです。取り上げた歌はその反歌ですが、長歌には、

わがやどに花そ咲きたる。そを見れど心も行かず。はしきやし妹《いも》がありせば、水鴨《みかも》なす二人並《ふたりなら》び居《い》、手折《たお》りても見せましものを……

とあります。「我が家の庭に花が咲いた。しかしそれを見ても心は晴れない。ああ、あなたがいれば、鴨のように二人並んで座って、手折って見せてやろうに……」といった意味ですが、およそ上出来とは言いがたく、ぶつぶつと切れ、事柄を並べたてたようで、盛り上がりに欠けます。長歌を仕上げるには、やはり相当の技量と経験が必要なのでしょう。

しかし、裏返していえば、家持が、「妻を悼む」という主題に出会ったことを契機に、長歌制作に取り組まざるを得なくなったということでもあります。この主題は、『万葉集』の中で、長歌で歌われる伝統を持っていました。家持は、長歌を作ることで、その伝統に連なろうとしているのではないでしょうか。

妻を悼む長歌の始まりは、柿本人麻呂《かきのもとのひとまろ》の「妻死にし後、泣血哀慟《きゅうけつあいどう》して作る歌」（巻

二・二〇七〜一六）です。その中で、人麻呂は、妻がこの世を去ってゆくことを、「鳥じもの朝立《あさだ》ちいまして、入《い》り日なす隠《かく》りにしかば」（まるで鳥のように朝、旅立ち、夕日のように山に隠れ入ったので）と歌っています。家持は、これを、「あしひきの山道を指して、入《い》り日なす隠《かく》りにしかば……」と変換しながら取り入れています。その前に「うつせみの借《か》れる身なれば」と家持が述べているのも、人麻呂が同じ歌を「うつせみと思いし時に……」と歌いだしているのと関連するのでしょう。「うつせみ」は「この世の人」の意で、人麻呂は、妻はこの現実世界の確かな存在だと信じていたと歌うのですが、家持は、しょせん仮の世の存在に過ぎないので、と言います。同じ言葉を踏襲しながら、意味を大きく変えているのです。

次に長歌によって妻を悼んだのは、山上憶良《やまのうえのおくら》でした。筑前守《ちくぜんのかみ》であった憶良は、家持の父旅人《たびと》が大宰府で妻を喪ったとき、「日本挽歌」と題する長歌を旅人に贈りました。その長歌の末尾に、憶良が「にお鳥《どり》の二人並《ふたりなら》び居《い》、語らいし心背《こころそむ》きて家離《いえざか》りいます」（カイツブリのように二人並んで話し合った心に背いて、なぜ家を離れてしまわれたのですか）と歌ったのが、先に挙げた家持の長歌の「水鴨《みかも》なす二人並《ふたりなら》び居《い》、手折《たお》りても見せましものを」に影を落としていることは明らかでしょう。

そして取り上げた歌は、やはり憶良「日本挽歌」の、

妹《いも》が見し棟《おうち》の花は散りぬべし我が泣く涙未だ干《ひ》なくに

（あなたが見た棟の花はもう散ってしまいます。私が流す涙はまだ乾かないのに）

を踏まえています。

憶良と家持の違いにも、目を向けておきましょう。憶良が「散りぬべし」と、季節の進行を予感的に歌うのに対して、家持は「花咲き、時は経ぬ」と、確定的に歌います。撫子《なでしこ》（花）の開花を「花咲き」と述べ、秋になったことを明確に表現するのです。新たな季節の到来をきっかけに、万物の移ろいの中で妾《おみなめ》の死を捉え、悲しむ、家持なりの主題に沿った変容といえるでしょう。

このように、先人の長歌に類似した句があることは、「模倣」として否定的に見られてきました。確かに、先人に導かれながらの習作という面があることは否めません。しかし、その中に、家持独自の要素の胎動や、和歌史の流れに棹さして、その先へと進もうとする家持の意欲を見て取るべきだと思います。

⑭ 時を経て癒えない悲しみ

佐保山《さほやま》にたなびく霞見《かすみみ》るごとに
妹《いも》を思《おも》い出《い》で泣《な》かぬ日《ひ》は無《な》し

【現代語訳】　佐保山にたなびく霞を見るたびに、愛しいあなたのことを思い出して、泣かない日はありません。

（『万葉集』巻三・四七三）

家持は、「悲緒未《かなしびいま》だ息《や》まずして更に作る歌」と題して、「妾《おみなめ》」を悼む短歌五首を残しています。その第四首です。佐保山は自宅の裏にあり、妾《おみなめ》はそこに葬られました。ここに霞が歌われていることが注意されます。『万葉集』では、家持の頃には、霞は春のものという観念が固定化してきていました。妾《おみなめ》を悼んだ最初の歌（52頁参照）が、立秋を迎えての詠だったのと照らし合わせると、半年を経、新たな春を迎えてなお、墓所の山にたなびく霞を見ては泣く毎日であったことになります。

こうした時を隔てて変わらない悲しみを歌うのにも、先例があります。

大野山霧立《おおのやまきりた》ち渡るわが嘆く息嘯《おきそ》の風に霧立ち渡る

山上憶良が家持の父旅人に贈った「日本挽歌」の最後の歌です。「大宰府の裏の大野山には霧が立ちこめています。あれは私が嘆くため息が霧になったのです」。旅人の妻が亡くなったのは初夏の頃でした。憶良は、旅人に代わって、秋の霧に寄せて癒されない哀情を歌ったのでした。家持は、この憶良の歌い方に学んだのでしょう。

人麻呂・旅人・憶良は、それぞれ独自の歌い方ながら、いずれも時を隔てた連作を構成し、亡妻挽歌を歌いました。家持もまた、この連作でその列に加わったのです。

⑮ 悲運の皇子へ長歌を捧げる

かけまくも　あやに恐《かしこ》し　言《い》わまくも　ゆゆしきかも　我《わ》が
王《おおきみ》　皇子《みこ》の命《みこと》　万代《よろずよ》に　食《め》し給《たま》わまし　大倭《おおやまと》　久邇《くに》の都《みやこ》は　う
ち靡《なび》く　春《はる》さりくれば　山辺《やまへ》には　花咲《はなさ》きおおり　河瀬《かわせ》には
鮎子《あゆこ》さ走《ばし》り　いや日異《ひけ》に　栄《さか》ゆる時《とき》に……

【現代語訳】　心に思うのもまことに恐れ多く、言葉にするのも憚られます。我が大君《おおきみ》・安積皇子《あさかのみこ》が、万代《よろずよ》にもわたってお治めになるはずの大倭《おおやまと》の久邇《くに》の都は、春がやってくると、山辺《やまべ》には花が咲き乱れ、川の瀬には子鮎《こあゆ》が走り泳ぎ、日に日に栄えてゆくその時に……

（『万葉集』巻三・四七五）

「我が王《おおきみ》　皇子《みこ》の命《みこと》」とは、聖武天皇の第二皇子、安積親王《あさかしんのう》のことです。『続日本紀《しょくにほんぎ》』によると、親王は、天平十六年（七四四）閏一月十一日、久邇京《くにのみやこ》（恭仁京）から難波《なにわ》へと移動中、脚を病んで引き返し、十三日に亡くなりました。十七歳の若さでした。

神亀四年（七二七）、聖武天皇と藤原光明子《ふじわらのこうみょうし》との間に第一皇子が生まれ、皇太子とされましたが、二歳で亡くなってしまいました。藤原氏と対立する長屋王《ながやのおおきみ》の失脚後、光明子が皇后（光明皇后）となり（七二九年）、ついで先に生まれていた阿倍内親王《あべのひめみこ》（後の孝謙・称徳女帝）が皇太子となります。臣下出身の女性が皇后になるのも、女性が立太子《りったいし》するのも、きわめて異例のことでした。藤原氏が強引に事を運んだと思われます。

しかし、皇位継承は男子直系が原則ですから、阿倍内親王の子が後継者になることは考えられないことでした。安積親王は、県犬養《あがたのいぬかい》氏出身の女性が生んだ皇子ですが、聖武天皇の血を引く男子として、皇位継承の可能性は大いにありました。それだけに、そのあまりにも早い死は、宮廷全体にとって大きな衝撃だったでしょう。

家持は、親王の死を悼んで、二首の長歌を詠んでいます。ここでは二月三日の日付を持つ第一長歌の前半を取り上げました。

「かけまくもあやに恐《かしこ》し　言《い》わまくもゆゆしきかも」という対句による歌い出しは、非常に荘重な感じを与えます。これは、柿本人麻呂に先例があります。

人麻呂が皇子女《こうしじょ》の死去にあたって作った挽歌はいずれも立派な歌い出しを持ちますが、特に高市皇子《たけちのみこ》に対する挽歌の冒頭の「かけまくもゆゆしきかも　言《い》わまくもあやにかしこき」は、家持の長歌にそっくりです。高市皇子は、天武天皇のいちばん年長の男子で、母親が地方豪族の出身なので、皇位につくことはありませんでしたが、持統天皇の時代には特別の尊崇を受けて、人臣のトップあるいは皇太子格に位置づけられていました。その人が持統天皇十年（六九六）に亡くなったとき、人麻呂は一四九句という、『万葉集』中、最大の長歌を捧げたのです。

もっとも、人麻呂は、「大君《おおきみ》は神にしませば」（天皇は神でいらっしゃるので）といった「天皇即神」思想のもとに、「心に思うのも憚られる、口に出すのも恐れ多い」と歌い出しました。家持の時代には、一般にそうした表現は見られなくなりますし、家持自身、安積親王を招いての宴に同席して歌を作ったりしていますので、親王に対する感情は、人麻呂の高市皇子に対するそれとは相当違っていたはずです。それでも家持が、高市皇子挽歌に酷似した出だしを採用しているのは、人麻呂の歌と重ね合わせて歌おうとしていたからではないでしょうか。

高市皇子と安積親王とは、よく似た境涯にありました。皇太子に近い立場にいながら、二人とも立太子しないまま死去しています。それを手がかりに、家持は人麻呂の挽歌をなぞろうとしたのでしょう。長歌の一節で、家持は満ち足りた現在、期待された未来が突然失われたことを、やはり人麻呂に倣って歌っています。

わが大君《おおきみ》の天《あめ》の下《したまお》申し給えば、万代《よろずよ》に然《しか》しもあらむと木綿花《ゆうはな》の栄《さか》ゆる時に……

（我が大君、高市皇子が、天下を治めているのだから、ずっとこのまま木綿《ゆう》で作った花が白く美しいように、世が栄えてゆくだろうと思っていたその時に……）

と人麻呂が述べるのと、「栄ゆる時に」という暗転の表現が共通しています。

しかし、もちろんすべてが同じではありません。人麻呂は高市皇子の生前を、壬申《じんしん》の乱《らん》（六七二年）での活躍を主として描きました。対する家持は、直截に安積親王の生前を歌っていません。美しい久邇京《くにのみやこ》の春、咲き誇る花とはつらつとした子鮎《こあゆ》の姿に、若き親王を暗示させているのです。それは家持独自の表現といってよいでしょう。

16 人は花のように移りゆく

大御馬《おおみま》の　口抑《くちおさ》え駐《と》め　御心《みこころ》を　見《め》し明《あき》らめし　活道山《いくじやま》　木立《こだち》の繁《しげ》に　咲《さ》く花《はな》も　うつろいにけり　世《よ》の中《なか》は　かくのみならし……

【現代語訳】　お馬の口を抑えとどめ、ご覧になってお心を晴らされた、活道《いくじ》山《やま》の木立の繁みに咲く花も散っていってしまいました。世の中とは、すべてこのようなものであるらしい……

（『万葉集』巻三・四七八）

安積親王《あさかしんのう》を悼む二首の長歌のうち、第二長歌の前半部です。

ここに見える「活道山《いくじやま》」は、久邇京《くにのみやこ》近くにある山と考えられます。久邇京は、現在の京都府木津川市加茂にあり、奈良時代の半ばの四年間だけ都だったところです。

天平十年代の前半は、大きな混乱の中にありました。天平八年（七三六）から始まった天然痘の流行は、日本列島の住人の命を、実に三人に一人の割合で奪ったといわれています。天平元年、政権を握った藤原氏の武智麻呂《むちまろ》・房前《ふささき》・宇合《うまかい》・麻呂《まろ》の四兄弟も、天平九年に相次いで亡くなりました。そして、天平十二年、その後の政権に反対して、宇合の子広嗣《ひろつぐ》が九州で反乱を起こすと、聖武天皇は東国《とうごく》に向かい、伊勢・美濃などを巡行して結局、平城京には戻りませんでした。出発したときには、すでに反乱は鎮圧に向かっていましたから、なぜ聖武天皇が東国行幸を決行したのかは、よくわかっていません。行幸は予定の行動で、死の穢れの消えやらぬ平城京を廃することが目的だったともいわれています。彷徨の末に落ち着いた久邇京は、山に囲まれ、泉川《いずみがわ》（木津川）に清らかな水が流れる別天地でした。

しかし聖武天皇は、天平十四年になると、久邇京から山道を北にたどったところにある、紫香楽《しがらき》（滋賀県甲賀市信楽町）での大仏造営に熱心になり、久邇京《くにのみやこ》を留守にすることが多くなります。久邇京は、平城京から建物を移築するなどして、建設途上でしたが、それにも手が回らなくなったようです。そこで考えられたのが、天平初年に再建が終わっていた副都の難波《なにわ》への遷都でした。安積親王は、まさにその久邇京から難波京への移動中に発病し、亡くなったのです。

家持は、二月三日の日付を持つ第一長歌で、久邇京の春の景物を生き生きと描き、それによって若き親王の生前を暗示しました。それから約五十日後に作られたこの第二長歌は、京近くの活道山《いくじやま》に咲く花が、すでに散ってしまったことを歌っています。ここは、安積親王が、多くの臣下を引き連れて、狩を行った場所でした。おそらく家持も、その中に加わっていたのでしょう。親王は馬の口を抑えてとどめ、その美しい眺めを見て心を晴らされたと歌っています。しかしその親王は、突然この世を去ります。家持は、それをたとえて、第一長歌の反歌に、

あしひきの山さへ光《ひか》り咲く花の散りぬるごとき我《わ》が大君《おおきみ》かも
（あしひきの山全体まで光らせて咲く花が、一時に散ってしまったような我が大君よ）

と歌いました。「花咲《はなさ》きおおり」（第一長歌）であった花が、「うつろいにけり」（第二長歌）となった過程は、まさに親王の生から死への移行そのものなのです。

人は時とともに、花のように移ろってゆく存在に過ぎない――それが家持の歌の根本にある死生観です。「世の中はかくのみならし」という表現には、時間の巨大な力に抗えないことへの諦念がうかがわれます。

そして移ろいゆくのは、人の命ばかりではありません。永遠の都として造られたはずの平城京が捨てられ、今や「万代《よろずよ》に食《め》し給《たま》」う（第一長歌）べき久邇京もまた、打ち捨てられてしまいました。

はしきかも皇子《みこ》の命《みこと》のあり通《がよ》い見《め》しし活道《いくじ》の路は荒れにけり

（痛ましいことよ。安積親王が通ってご覧になった活道《いくじ》の路は荒れてしまったなあ）

このように第二長歌の反歌は、人が去って通わなくなった活道山《いくじやま》の路が草に覆われてゆくことを歌います。自然の生命力は無限です。散った花は、また次の年に咲くでしょう。しかし人間の営みはすべて移ろって帰りません。「世の中はかくのみならし」とは、そこまでを見据えて述べられているのだろうと思います。

⑰ 生のはかなさと永久の時間と

大伴《おおとも》の名《な》に負《お》う靫帯《ゆきお》びて
万代《よろずよ》に頼《たの》みし心《こころ》いずくか寄《よ》せむ

【現代語訳】 大伴氏がその名に背負っている靫《ゆき》を身に着けて、万代《ばんだい》もと頼みに思っていた心を、どこに寄せたらよいのでしょうか。

（『万葉集』巻三・四八〇）

安積親王《あさかしんのう》が亡くなったときの挽歌のうち、第二長歌の第二反歌、つまり歌群の結びの歌です。

「靫《ゆき》」というのは、矢を入れて持ち運ぶための筒状の箱で、紐を通して肩にかけました。家持の時代には、新式の「胡籙《ころく》」のほうが軽くて運びやすいので、靫は実際には使われなくなっていたようです。それだけに、かえって象徴的な意味を持っていたと思われます。平安時代の初めに作られた諸氏族の系譜書『新撰姓氏録《しんせんしょうじろく》』には、大伴氏に「天靫負部《あめのゆげいべ》」という別称が記されています。大伴氏は、神話の昔から、武をもって天皇に仕えてきた氏族として認められていたようです。その大伴一族の名誉のシンボルが靫なのでした。家持はそれを「大伴《おおとも》の名《な》に負《お》う靫《ゆき》」と表現しています。

家持は、このとき二十七歳で、「内舎人《うどねり》」という職に就いていました。舎人《とねり》とは、貴人に近侍して雑役にあたる役目ですが、特に内舎人は天皇に直属する舎人で、名門の子弟が選ばれて、その後の官僚生活の見習いをするような地位でした。家持は、人麻呂の高市皇子《たけちのみこ》挽歌に倣って、安積親王に仕えていた舎人たちを長歌に歌っていますが、親王生前の彼らを「五月《さ》蠅《ばえ》なす騒《さわ》く舎人《とねり》」と描写しています。「五月蠅なす」、つまりうるさいほどに、てんでに騒ぎ立てるとは、山上憶良が、自分の子どもたちを歌うのに使った表現ですから、家持は安積親王の舎人たちを、いわば子ども扱いしているのでしょう。その舎人たちが、親王の死後、日に日に元気をなくしていくのを、「変わろう見れば悲しきろかも」と歌っていることからも、家持が彼らを「見る」立場に立っている、言い換えれば、彼らと一線を画していることがわかります。家持の自意識は、非常に誇り高いのです。

この時を去ること十三年前、家持の父、旅人は、従二位大納言《じゅにいだいなごん》で亡くなりました。大宝令《たいほうりょう》の規定では、一位の貴族の嫡子には、父親の位に応じて位を授けられる「蔭位《おんい》」の制度によって、正六位下《しょうろくいのげ》が自動的に与えられることになっていました。日本の朝廷は、有力氏族の連合によって構成されている面が強く、代が変わっても、その氏族の持つポジションが維持できるように、蔭位が中国よりも高く設定されていたのです。家持は、貴族の一員として認められる従五位下《じゅごいのげ》まで、あと少しのところまできていました。大伴氏の次代を担う者としての自覚は、日増しに募ってきていたに違いありません。

大伴一族の代表として、靫《ゆき》を帯びて天皇の傍らに立つ自画像は、家持の夢だったのでしょう。それだけに、皇室の将来を担うはずの安積親王の死は、家持にとって大きな挫折と感じられたはずです。自分より十歳も年下の親王は、自分の生涯をかけて守ってゆくべき人である。その気持ちを、これから先、誰に寄せたらよいのか。ここに歌われる戸惑いは、家持の実感だったといってよいでしょう。

家持は、この歌をはじめとして、大伴氏の「名」をたびたび歌ってゆくことになりますが、それは決まって、この時と同じように、皇位の継承にかかわる大きな出来事があった時です。皇統が神代の昔から連綿として受け継がれてきたように、大伴氏の「天靫負部《あめのゆげいべ》」の名もまた、神話の時代以来、それまでずっと維持されてきたと考えられていたのです。

その悠久の時は、しかし一瞬一瞬の積み重ねによってできています。家持が長歌二首で歌った、咲き誇る花の移ろいのように、その中で万物は不断に変化しているのです。花のように散っていった若き親王の生のはかなさが、「万代《よろずよ》」や「大伴の名」などの表す永久の時間の裏に貼りついているのだともいえましょう。

⑱ ありえたかもしれない現在を歌う

かからむとかねて知《し》りせば
越《こし》の海《うみ》の荒磯《ありそ》の波《なみ》も見《み》せましものを

【現代語訳】 こうなるだろうと前々からわかっていたならば、越《こし》の国の海の、荒磯《ありそ》に寄せる波でも見せてやったものを。

（『万葉集』巻十七・三九五九）

天平十七年（七四五）、従五位下《じゅごいのげ》に叙せられ、貴族の一員となった家持は、翌年の秋七月に、越中守《えっちゅうのかみ》（現在の富山県の長官）となって当地に赴任しました。当時の越中国は、能登地方も含んでいて、広大な土地に多くの川の流れる豊かな国でした。しかし平城京に生まれ育った家持にとっては、想像を超えた僻遠の地だったでしょう。現在の高岡市にあった越中国府までは、早馬を使っても平城京から九日間を要しました。この後の約五年間を、家持は、いつも都を思いながら、この地で送ることになります。

その家持が、弟書持《ふみもち》の死の報せを受け取ったのは、その地の生活にもようやく慣れたであろう、天平十八年九月の終わり頃のことでした。家持は、その悲しみを、長歌作品に歌い上げています。

越中へ旅立つとき、弟は、家のある平城京から北の奈良山を越え、泉川《いずみがわ》（木津川）のほとりまで送ってくれました。「私は元気に越中から帰ってくるから、お前も平安に日々を過ごして、私の無事を祈りながら待っていてくれ」。その言葉を最後に、兄弟は別れたのです。恋しい、逢いたいという気持ちで日々を送っていた家持に、ようやくやってきた都からの使者が持ってきたのが、弟の訃報だったのでした。

家持には、他に妹が一人いたことがわかっていますが、実際に何人きょうだいだったのかはわかりません。しかし家持にとって、書持《ふみもち》は特別に大事な弟であっただろうと思われます。それは、和歌を通じて語り合うパートナー、あるいは和歌をともに作ってゆく同志だったからです。たとえば、家持が「妾《おみなめ》」を喪ったとき、挽歌を歌う家持に、書持は一首を和して、その創作の営みに参加しています。

長き夜を独りか寝むと君《きみ》が言へば過ぎにし人の思《おも》ほゆらくに

（長い夜を独りで寝るのか、とあなたが言うと、亡くなった方が思われますのに）

二人の父、旅人《たびと》が九州大宰府で主催した「梅花《ばいか》の宴《うたげ》」を追慕する歌も、兄弟に共通する主題でした。また、久邇京に住む家持と、平城京に残った書持との間に交わされた贈答歌は、ほととぎすを詠むことを通じて、互いの孤独を訴え合う、実験的な作歌の試みです（32頁参照）。

家持は、長歌に、よりによって、すすきや萩の花が美しい頃に弟は亡くなったと歌い、弟は花が好きで、寝室の庭に花の咲く草木を植えていた、とわざわざ注記して、その優しい人柄を偲んでいます。そして最後の反歌に歌ったのは、ここ越中の磯に打ち寄せる日本海の荒波を二人で見るという、かなわない夢でした。

こうした歌い方にも先例があります。

悔《くや》しかもかく知らませばあおによし国内《くぬち》ことごと見せましものを

(悔しいよ。こうなると知っていたら、奈良のあちこちをみな見せてやったものを)

父旅人が妻を喪ったときに、山上憶良が贈った長歌の反歌です。自分が大宰府に下ったために、妻は自分を慕って付いてきて、長旅のあげく、異郷で死んでしまったのだ。こうなると知っていたならば、九州に来るのなど止めて、奈良の辺りを夫婦で歩き回っていたのに。憶良は、そうした後悔を、旅人に代わって歌ったのでした。

無論、旅人が大宰府に赴任したのは公務ですから、九州に下らないわけにはいきません。しかしそれでも、夫婦でなじみの奈良を回っているという、ありえたかもしれない現在を、憶良は歌うのです。

家持も、書持を越中まで連れてくることなどできはしません。しかしもし一緒に、この荒々しい海を見ていたならば、弟はまだ元気でいたのではないか。弟の死を予見できなかった後悔は、家持にそうした幻を描かせずにおかなかったのでしょう。

⑲ うつせみの世の不条理を嘆く

世《よ》の中《なか》は数無《かずな》きものか
春花《はるはな》の散《ち》りのまがいに死《し》ぬべき思《おも》えば

【現代語訳】 世の中は、決まった寿命はないものよ。この春の花が散ってゆくのに紛れて死んでゆくのだろうと思うと。

（『万葉集』巻十七・三九六三）

越中《えっちゅう》に赴任した翌年、天平十九年（七四七）の二月、家持は病床にありました。故郷奈良とは異なる雪国の寒さが、体にこたえたのではないでしょうか。「ほととほと泉《せん》路《ろ》に臨む」（死者の世界である黄泉《よみ》の国に行く寸前）と述べるほどの重病でした。

病臥しながら、家持は長歌作品を作っています。天皇のご命令のままに、男子として心を奮い立たせ、山を越えて、この越中に来たが、息を休める暇もなく、床に就く身となって、苦痛は日に日に増してゆく。それは、自分が「うつせみの世の人」だからだ。そう家持は歌います。

「うつせみ」は、早世した「妾《おみなめ》」を悼む歌にも、「うつせみの世《よ》は常無《つねな》しと知《し》るものを」と出てきた言葉で、家持の人間把握を表すキーワードです（56頁参照）。これは、もともと「うつし」（目に見える世界の）＋「おみ」（仕える者）からできたといわれ、目に見えない世界に住む神霊に対するこの世の人間、といった意味ですから、不滅の神々に対する限界意識を伴っています。

特に家持の時代になると、時間の流れに押し流される存在という語感が強くなってきていました。「空《うつ》（虚）蟬《せみ》」と表記されることが多く、蟬の抜け殻のイメージとも結びついて、人のはかなさを思わせるのです（平安時代になると、実際に蟬を表すこともあります）。

「うつせみの世の人」である以上、いかに立派な男子《ますらお》であろうと、病に倒れることもある。そうなれば、ただ横になって物思いにふける他はない。そして、思うのは、都に残してきた家族のことばかりだ。母は、私がいつ戻ってくるかと心ひそかに待っているだろう。妻は、朝は門の前で、夜は床の横で、さまざまにおまじないをしては、早く帰ってきてほしいと嘆いているだろう。子どもたちは、男の子も女の子も、あちこちで騒ぎ立てているだろう。おいそれと使いをやれる距離でもなし、何もできずにこうやってため息をついていなければならないのか……。感傷的で、次々に浮かぶ想念をほしいままに繰り広げる長歌は、必ずしも高い評価を与えられてはいません。しかし、ともあれこれが、家持の歌う病中の情なのでした。

そして取り上げた反歌の表現もまた、きわめて感傷的です。部屋の外では、花が盛んに舞い散っており、それに紛れるようにして、自分も死んでゆくのだろう、と家持は予感しています。そこには、三年前、安積親王《あさかしんのう》の薨去に際して、「咲く花の散りぬるごとき我《わ》が大君《おおきみ》かも」（72頁参照）と歌ったのと同質の愛惜が感じられるでしょう。十七歳の親王と同じように、三十歳の自分の命も、美しい花が消えるように喪われるのだと、感傷をもって死を捉えているのです。

しかし花ならばともかく、なぜ人である自分が、このように若いままに世を去らなければならないのか。それはやはり、自分が「うつせみの世の人」だからだ。この歌の上句「世の中は数無《かずな》きものか」という慨嘆が、それを表しています。これは、「うつせみの世《よ》は常無《つねな》しと知《し》るものを」に似ていますが、少し違うところもあります。「世は常無し」は仏教でいう「世間無常《せけんむじょう》」のことですが、「世の中は数無し」とは人の命に決まった数がない、つまり「老少不定《ろうしょうふじょう》」を表すとみられるのです。

人は生まれた順番に死ぬのではない。長寿を保つ者もいれば、若くして命を失う者もいる。妾《おみなめ》、安積親王、そして弟書持《ふみもち》と、自分の同年輩や年下の人たちを次々に亡くす中で、家持はそのあまりに不条理な現実を痛感させられてきたのです。

しかし自分の死が甘美に感じられている間は、実際の死はまだ遠いものなのでしょう。家持は、ここでは命を永らえることになります。

⑳ 志を果たせぬ思いを詩文に託して

方《まさ》に今《いま》、春朝《しゅんちょう》に春花《しゅんか》は春苑《しゅんえん》に馥《におい》を流《なが》し、春暮《しゅんぼ》に春鶯《しゅんおう》は春林《しゅんりん》に声《こえ》を囀《さいず》る。この節候《せっこう》に対《たい》して琴樽《きんそん》玩《もてあそ》ぶべし。興《きょう》に乗《じょう》ずる感《かん》ありといえども、杖《つえ》を策《つ》く労《ろう》に耐《あ》えず。

（『万葉集』巻十七・三九六五　書簡文）

【現代語訳】　ちょうど今、春の朝に春の花が春の苑《その》に香を流し、春の夕に春の鶯《うぐいす》が春の林で囀《さえず》っています。この良き季節に対しては、琴を奏で、酒を酌み交わすべきです。湧き起こる興に乗じたい気持ちはあるのですが、杖をついて出かける力がありません。

天平十九年（七四七）二月の末、越中《えっちゅう》で病床に就いていた家持に、大伴池主《おおとものいけぬし》から招待がありました。池主は越中の掾《じょう》（三等官）、守《かみ》（長官）である家持にとって部下ですが、同族で、都では宴の歌をともに作ったこともある、頼りになる存在でした。

招待というのは、三月三日の宴のことです。奇数（陽数）の重なる日は、中国由来の節句で、三月三日は、本来、暖かくなったところで水辺に出て、みそぎをし、冬の間の穢れを払う日でした。家持の頃には、庭園に水路を作り、杯が自分の前に流れてくるまでに即席で漢詩を詠ずる遊び（曲水《きょくすい》の宴）が行われていたようです。

ここ越中でも、この年、宴が計画されました。池主《いけぬし》は漢詩文に堪能だったので、彼が宴の立案者だったと思われます。しかし残念ながら、主賓となるべき家持は、まだ宴への出席が難しい体調でした。断りの返事を出さざるをえません。

そこで家持が思いついたのは、宴で詩を作る代わりに、「宴に出られない」ということ自体を文芸化する試みでした。言い換えれば、病臥しているときの鬱々とした気持ちを文章に託してみよう、ということです。

日本でそのようなことをしたのは、家持以前には、山上憶良《やまのうえのおくら》だけでした。憶良は

「沈痾自哀文《じんあじあいぶん》」と題する長大な漢文をつづり、続けて「老いたる身に病《やまい》を重ね、年を経て辛苦《たしな》み、児等《こら》を思うに及《いた》る歌」という長反歌（長歌一首と短歌六首）を作っています。そもそも病中の情を述べる文芸は、中国で大いに発達していました。中国詩の基本は男子の志を盛ることにあり、病で志を果たしえない状況は、最も詩に歌うべきものだったからです。遣唐使の経験を持ち、漢詩文の教養豊かな憶良は、それを日本へと持ち込んだのです。家持も先の長歌作品（三九六二～四）では、憶良の表現を借用しながら、病中に家族の待つ都を思う情を歌っています。

しかし憶良が述べたのは、すでに七十半ば、命の火が燃え尽きようとするときの、なお残るこの世の生への執着でした。家持の置かれた状況とは大いに異なります。家持が志したのは、自分なりの仕方で、もう一度漢詩文に立ち戻り、季節の風物とともに病中の情を表現することでした。漢詩文に詳しい池主は、その際、絶好のパートナーになったのです。

家持は、まず池主宛の書簡に趣向を凝らします。漢詩文の世界では、書簡もまた立派な文芸でした。「春朝《しゅんちょう》に春花《しゅんか》は……」という「春」を繰り返す対句は、三～六世紀の中国（六朝時代）の詩に例のある技巧です。ただしそれは、単に面白味を狙っただけのものではありません。「春」の反復は、晩春を迎えようとする良き時節を強調します。そしてこの対が、花の香と鶯《うぐいす》の声とで構成されていることが注目されます。それらは家持の病床まで届き、春の美景への憧れをかき立てるのでしょう。そのようにして湧き起こる興に乗じて外出し、友と酒を飲み、音楽を楽しみたい。しかしそこで我が身を振り返れば、杖をつくことすらできない。家持はそう述べます。

家持は、この書簡文に合わせて、二首の短歌を添えています。その一首、

春の花今は盛りににおうらむ折りてかざさむ手力《たぢから》もがも

「春の花は、今は盛んに咲きにおっているだろう。折って髪に挿す手の力がほしい」という内容は、書簡文の対句を和歌に翻訳することを狙ったようにみえます。しかし、この対句の趣が充分に和歌に反映されているかといえば疑問です。「におう」は、この時代は、むしろ視覚的な意味のほうが強かったのです。嗅覚や聴覚を生かした漢詩文の表現を和歌で作り上げることは、家持にとって、それからの課題になったように思われます。

㉑ 先祖代々の規範に従って生きる

海行《うみゆ》かば　水漬《みづ》く屍《かばね》　山行《やまゆ》かば　草《くさ》むす屍《かばね》　大君《おおきみ》の　辺《へ》にこそ

死《し》なめ　返《かえ》り見《み》は　せじと言立《ことだ》て……

（『万葉集』巻十八・四〇九四）

【現代語訳】 海へ行くのなら水に漬かった屍《かばね》になっても、山へ行くのなら草に埋もれた屍《かばね》になっても、大君のおそばで死ぬのだ、振り返りはするまい、と誓いを立てて……

「海行《うみゆ》かば」は、一九三七年に信時潔《のぶとききよし》が作曲したメロディとともに、出征兵士を送る軍歌として愛唱されました。やがて、ラジオ放送が各地の玉砕を伝える際の音楽ともなります。そうした悲しい歴史を持つ歌ですが、今ではカラオケで歌うこともでき、画面には「作詞大伴家持」と出たりします。

もっとも、最初に「海行《うみゆ》かば……」と述べたのは、家持ではなく、聖武天皇です。奈良時代の正史『続日本紀《しょくにほんぎ》』によれば、聖武天皇は、天平二十一年（七四九）、東大寺に行幸し、完成間近の大仏に向かって、陸奥国《みちのくのくに》の小田郡《おだぐん》（現在の宮城県遠田郡）から黄金が産出したことを報告し、感謝する宣命《せんみょう》（詔勅）を、左大臣　橘　諸兄《たちばなのもろえ》に申し述べさせています。ついで、親王・諸王以下、天下の人々に対して、長文の宣命が、中《なか》務卿《つかさきょう》石上乙麻呂《いそのかみのおとまろ》によって述べられました。この一節が出てくるのはその中です。

天皇は、「国を護り、災いを防ぐ法として、仏説に勝るものはないと考え、大仏を造り始めたが、像に塗る金が足りないのではないかと心配していた。このたびの金の産出は、仏をはじめ、天地の神々、代々の天皇の霊などのおかげであり、このつたない身一人に受けるにはもったいない幸せである」として、功績のあった人々を褒賞してゆきます。その中で、大伴氏に対しては、「海行《うみゆ》かば水漬《みづ》く屍《かばね》、山行《やまゆ》かば草《くさ》むす屍《かばね》、王《おおきみ》の辺《へ》にこそ死なめ、長閑《のど》には死なじ」と先祖代々言い続けてきた者たちであり、朕《ちん》の世でも「内《うち》の兵《いくさ》」、天皇の身辺を守るつわものとして信頼しているので、この心を失わず、忠誠をもって仕えてほしい、と特別な顕彰を与えたのでした。

越中《えっちゅう》でこの宣命を受け取った家持は、非常に感激して、「陸奥国《みちのくに》に金《くがね》を出《いだ》す詔書《しょうしょ》を賀《ほ》く歌」という長歌作品を作りました。題に「詔書《しょうしょ》を賀《ほ》く」とあるように、金の産出よりも、この宣命自体を祝福しているのです。長歌は全部で百七句、反歌三首の規模は、家持の歌としては最大、『万葉集』でも三本の指に入ります。家持の力の入れ方がなみなみでなかったことがうかがわれます。

長歌はまず、この瑞穂《みずほ》の国に天下った神以来、代々の天皇の世に奉られた貢物は、数え切れないほどあった、と歌い起こします。そして、「我が君、聖武天皇は、仏法興隆の大事業に取り組まれ、心配なさった金もようやく産出した。これは神々や天皇の霊の助け、我が国が栄えゆくしるしだと我が君は考えられ、文武百官《ぶんぶひゃっかん》、老人や女、子どもに至るまで、彼らの思い通りに恵み給う。この慶事に臨み、自分も大いに嬉しい。自分は、遠祖が皇祖神に仕えたさまそのままに、『海行《うみゆ》かば……』という誓いを立てて奉仕してきた先祖代々の名を受け継ぐ者だ、弓を持ち、太刀《たち》を佩《は》いて、大君《おおきみ》の傍で守りを固めるのに自分以外の誰があるか、という思いがますます募ってくる」と、聖武天皇の宣命をなぞりながら、受けた感銘を歌い上げたのです。

「海行かば……」は、天皇自らが戦場に立つような建国神話の世界を背景にした誓詞でした。『古事記』には、天照大神《あまてらすおおみかみ》の孫、邇々芸命《ににぎのみこと》が高天原《たかあまのはら》から降臨したとき、大伴氏の祖、天忍日命《あめのおしひのみこと》が先導したとあり、また初代神武天皇が日向《ひむか》から大和《やまと》へ東征するにあたって、やはり大伴氏の祖、道臣命《みちのおみのみこと》が大きな働きをしたと記されています。一方、大伴氏内部にもやはり建国時に活躍した始祖の伝承があって、誓詞はそれとともに言い伝えられてきたのでしょう。

しかしそれは、単なる昔話ではありません。聖武天皇が、先祖代々誓いを立ててきた者たちだ、と大伴氏を顕彰したように、先祖の事績は、現実に生きる人々の規範になっていたのです。家持もまた、大伴氏の一員として、その規範に従って生きることを、この歌をもって誓ったのだといえるでしょう。

㉒ ますらおの名を背負って

ますらおの心思《こころおも》おゆ
大君《おおきみ》の命《みこと》の幸《さき》を聞《き》けば貴《とうと》み

【現代語訳】 立派な男としての心が湧き上がってくる。我が天皇のお言葉の幸いなのが、聞けば聞くほど貴《たっと》いので。

（『万葉集』巻十八・四〇九五）

この歌は、前項で述べた「陸奥国《みちのくのくに》に金《くがね》を出《いだ》す詔書《しょうしょ》を賀《ほ》く歌」の第一反歌です。皇室を守護する者として、名指しで大伴氏への信頼が述べられたのに対して、その期待に応えたいという「ますらおの心」が自然と思われてくる、と歌っています。家持はこのとき、位が一つ上げられて、従五位上《じゅごいのじょう》になっています。五位以上の位階は、天皇の命令で与えられるので、これも聖武天皇のご恩でした。家持が感激するのは無理もありません。

しかし、ご恩に浴したのは家持だけではありません。宣命《せんみょう》の後に位を与えられた者も含めると、男女あわせて五十人を超えます。聖武天皇の側では、どのような考えがあって、これほどの大盤振舞をしているのでしょうか。

宣命が出された直後、天平二十一年が改められて、天平感宝元年とされています。金の出土が瑞祥《ずいしょう》とされたのです。瑞祥とは、善政が行われているとき、天地がそれに感応して世に現す奇跡のことです。奈良時代には、それを理由にたびたび改元が行われました。たとえば養老七年（七二三）九月に現れた白い亀を瑞祥として、翌年に神亀への改元があり、神亀六年（七二九）には、甲羅に「天平貴平知百年」と読める模様のある亀が献上されて、天平へと改元されました。

この例からもわかるように、瑞祥には作為によるものもあったようです。それは、政治的に利用されたのです。特にこの頃の瑞祥は、皇位継承と深く結びついていました。たとえば神亀への改元は、聖武天皇即位の宣命の中で行われましたし、天平への改元の際は、直後に藤原光明子《ふじわらのこうみょうし》が皇后（光明皇后）に立てられたのです。

ところで、東大寺で大仏に向かって宣命を奉ったとき、聖武天皇はすでに受戒して、勝満《しょうまん》という沙弥《しゃみ》（仏弟子）になっていました。その後間もなく聖武天皇は薬師寺に移り、出家受戒の身で政治に携わるべきでないとして、太上天皇《だいじょうてんのう》（天皇譲位後の称号）を称するようになります。つまり、皇太子である娘の阿倍内親王《あべのひめみこ》に譲位する意志を明らかにしているのです。

古代には何人も女帝がいますが、それは動乱時に緊急避難的に即位するか、男子が即位するまでの中継ぎとして立てられた天皇で、いずれも男帝への継承が予定されていました。ところが安積親王《あさかしんのう》が亡くなって、聖武天皇の血を引く男子はいなくなりましたから、阿倍内親王の後、誰が天皇になるかは全く先が見えません。その中で内親王《ひめみこ》への譲位という前例のない皇位継承を行うには、出家して政治から遠ざかるのがもっとも良い方法だったのかも知れません。しかしそれでは、これまでの太上天皇のように、政治的に後見するのも難しいので、聖武天皇にとっては、大きな賭けでもあったはずです。瑞祥によって善政を強調し、功労者を褒賞し、叙位を行ったのは、来るべき譲位への布石という意味があったとせねばなりません。予定どおり、この年の七月、阿倍内親王は孝謙女帝として即位します。

越中にいる家持にも、瑞祥の意味や皇位継承の動きは当然理解されたでしょう。大伴氏は古来、軍事を司る氏族として知られ、この当時もまだあなどりがたい力を持っていたと思われます。「内《うち》の兵《いくさ》」として忠誠を尽くしてほしいという聖武天皇の宣命は、家持には新たな天皇を守護せよという命令に聞こえたに違いありません。

家持は、長歌に「ますらおの名」「祖《おや》の名」など、大伴氏に伝わる「名」をさまざまに歌っています。それは、皇位継承の重大な局面に立ち会ったときの歌に、いつも出てくる言葉でした。皇室とともに生きてきた大伴氏の「名」を、今、自分が背負っているのだという思いが、「ますらおの心」の中核を形づくっています。

㉓ 人生の無常と都への思い

あしひきの　山《やま》の木末《こぬれ》も　春《はる》されば　花咲《はなさ》きにおい　秋《あき》づけば
露霜《つゆしも》負《お》いて　風交《かざま》じり　もみち散《ち》りけり　うつせみも　かくのみ
ならし……

（『万葉集』巻十九・四一六〇）

【現代語訳】（あしひきの）山の木々も、春になると花が咲き乱れ、秋になると露や霜が降りて、風まじりにもみじが散るのだった。この世の人も全くこれと同じらしい……

天平勝宝二年（七五〇）の春、家持はまだ越中《えっちゅう》にいました。すでに足掛け五年になります。この間の歌は、常に「都に帰りたい」という思いが基底にあります。その中で、わずかな慰めになったのが、越中の自然でした。この歌は、旧江村《ふるえむら》への巡察途中で作られています。旧江村は現在の氷見市南部。国府から二上山《ふたがみやま》の麓を回る道中には、海越しに立山《たてやま》を望見できる場所もあって、家持もよく遊覧に出かけたところです。

しかしこのとき、春の美しい花を見て家持が思ったのは、人生の無常でした。「月が満ち欠けするのを見ても、山に春は花が咲き、秋はもみじが散るのを見ても、何一つ変化しないものはない。人間も全く同じだ。血色の良かった顔も衰え、黒髪は白くなり、朝の笑顔が夕方には急変し、吹く風が見えないように、行く川の水が留まらないように、不断に移ろってゆくのを見ると、涙が止まらない……」と歌います。

家持は、この越中で無為に過ごすうちに、自分の若さが失われてゆくことを感じ取ったのではないでしょうか。都では天皇の代替わりもあって、政界は大きく動きつつありました。自分はいつまでここに留まっていなければならないのか。「世間無常《せけんむじょう》を悲しぶる歌」と題するこの長歌にも、やはり都への思いが潜んでいると思われます。

24 人生に限りがあるから名を立てたい

ますらおは名《な》をし立《た》つべし
後《のち》の世《よ》の聞《き》き継《つ》ぐ人《ひと》も語《かた》り継《つ》ぐがね

【現代語訳】 立派な男子たるもの、名を立てなければならない。後世に聞き継いだ人が、また語り継ぐことができるように。

（『万葉集』巻十九・四一六五）

「世間無常《せけんむじょう》を悲しぶる歌」を作った巡察中、家持は続けて「勇士の名を振るわむことを慕《ねが》う歌」という長歌を作っています。取り上げたのはその反歌です。この歌の注には、「山上憶良臣《やまのうえのおくらのおみ》の作る歌に追和《ついわ》す」とあります。「追和」というのは、以前作られた歌に時を隔てて和することで、要するに憶良の歌に対するオマージュです。

天平五年（七三三）、死の床にある憶良を、藤原八束《ふじわらのやつか》（藤原四家の一つである北家《ほっけ》の祖、房前《ふささき》の第三子）が従者に見舞わせました。

士《おのこ》やも空《むな》しくあるべき万代《よろずよ》に語り継ぐべき名は立てずして

（男子たるもの、無為でいてよいものか。万代《ばんだい》にも語り継がれる名を立てないままで）

憶良は応答の後しばらくして、涙を拭いながらこの歌を口ずさんだと注にあります。弱小氏族に生まれた憶良は、勉学して遣唐使に加えられ、帰国後は皇太子時代の聖武天皇の家庭教師役も務めて、筑前守《ちくぜんのかみ》にまで立身した努力の人でした。漢詩文の知識を背景に「貧窮問答歌《ひんきゅうもんどうか》」など、和歌にもさまざまな新生面を開いています。それでも門閥の壁は厚く、中級官僚の末端である従五位下《じゅごいのげ》で終わりました。その自負と悔恨とが、名を立てようにも体の動かない病床で渦巻いていたのでしょう。

八束《やつか》は霊亀元年（七一五）の生まれで、当時十九歳。名門の御曹司である八束が憶良を見舞ったのは、やはり憶良に教えを受けたことがあったからなのでしょう。ですから憶良のこの歌は、教え子に対する遺言という意味も持ったと思われます。八束と家持とは同世代で、宴席でともに歌を作ったこともあり、親しい間柄だったようです。もとより父旅人《たびと》との関係から憶良に私淑していた家持は、八束からこの歌を聞いて、「名を立つべし」という教訓を胸に刻んでいたに違いありません。

さて天平勝宝二年（七五〇）の家持が、憶良のこの辞世歌を思い出したのはなぜでしょうか。憶良には「世間《よのなか》の住《とどま》り難《がた》きを哀《かな》しぶる歌」という作があり、若く楽しい時期はたちまちに過ぎ去り、若い者に嫌がられながら生きている老残の身でも、この命には執着されてならないと歌っています。それに倣いながら、しかし若者の立場から、人生の移ろいを惜しみ悲しんだのが、家持の前作「世間無常《せけんむじょう》を悲しぶる歌」でした。「勇士の名を振るわむことを慕《ねが》う歌」もまた、その延長上に、家持の立場に即して和されたのでした。憶良は漢学の才で身を立てた人ですから、「士」の字で表される「おのこ」という言葉で自己規定します。一方、家持は武門の生まれらしく「丈夫《ますらお》」

と名乗ります。そして長歌には、天皇の命令を受けて、太刀《たち》を佩《は》き、矢を射ながら、野山を駆け巡る勇士の活躍が歌われています。

しかし「世間無常」と「名を振るう」こととは、憶良を介してのみつながっているのではないのでしょう。人生に限りがあり、万物が移ろってゆくとしたら、人の行いに永続的な意味を持たせるものは何でしょうか。それは、人々の間に世代を超えて受け継がれる「名」しかありえない。そのように家持は考え、当時の人々も考えていたのです。「後《のち》の世《よ》の聞《き》き継《つ》ぐ人《ひと》も語《かた》り継《つ》ぐ」とあるように、家持の歌う永続は、有限なものが連鎖してゆく形になっているのが特徴です。

家持が「陸奥国《みちのくのくに》に金《くがね》を出《いだ》す詔書《しょうしょ》を賀《ほ》く歌」に歌ったように、大伴氏には、始原以来、天皇の身辺を守る者として奉仕してきたという名誉がありました。その大伴氏の「名」に包摂されながら、長く語り継がれる「名」を立てたいという願いが、このときの家持にはありました。それは「世間無常」と表裏しています。つまり、活躍のしようもないこの越中で人生の盛りを「空しく」過ごし、永続する「名」を立てる機会を永遠に失うことへの恐れが、家持にこの歌を歌わせていると思われるのです。

㉕ 自分の時代の終焉を感じつつ

剣太刀《つるぎたち》いよよ研《と》ぐべし
いにしえゆさやけく負《お》いて来《き》にしその名《な》そ

【現代語訳】 剣の太刀をますます鋭く研《と》いでおくがよい。遠い昔からはっきりと知られるように負ってきたその名であるぞ。

（『万葉集』巻二十・四四六七）

この歌の題は「族《うがら》に諭す歌」、大伴氏一族の者たちに教え諭す歌という意味です。この歌の注には、「淡海三船《おうみのみふね》の讒言《ざんげん》によって、出雲守《いずものかみ》であった大伴古慈斐《おおとものこしび》が解任されたので、家持はこの歌を作った」とあります。これは正史『続日本紀《しょくにほんぎ》』にも載せられている大事件でした。ただしそこには「大伴古慈斐と淡海三船とが朝廷を誹謗して、人臣の礼を欠いたので、衛士府《えじふ》（宮中警護の役所）に監禁した」とあり、家持の記した注とは異なっています。真相ははっきりしませんが、家持としては、朝廷を誹謗したのは淡海三船（天智天皇の玄孫《げんそん》で、漢詩文で知られる人）で、わが一族の長老古慈斐《こしび》は三船の讒言で共犯に仕立てられた被害者だと主張したいのでしょう。

家持は長歌に歌います。「大伴氏は、天孫降臨、神武東征の太古から、皇室の守護として活躍してきた誉れ高い一族だ。特別にそれを賞して賜った名誉は、子々孫々、語り継がれ、模範にもされよう。いい加減に考えて、冗談でもそれを絶つようなことがあってはならない。大伴という氏の名を背負った者たちよ。」

その内容は、かつて越中で作った「陸奥国《みちのくのくに》に金《くがね》を出《いだ》す詔書《しょうしょ》を賀《ほ》く歌」によく似ています。というより、ここに歌った「特別にそれを賞して賜った名誉」とは、そのとき聖武天皇が詔勅で述べた、「大伴氏は、『海行《うみゆ》かば水漬《みづ》く屍《かばね》……』と忠誠を誓って仕えてきた皇室にとっての『内《うち》の兵《いくさ》』である」という賞賛を指しているのでしょう。（92頁参照）

なぜその時のことが想起されているのか。それは、「族《うがら》に諭す歌」が、聖武天皇崩御後間もなく歌われていることと関わるはずです。崩御が天平勝宝八歳（七五六）五月二日、古慈斐《こしび》らの逮捕・監禁が五月十日、この歌の制作が六月十五日です。古慈斐らの「朝廷を誹謗した」という罪状も、おおよそ見当がつくでしょう。聖武天皇の崩御とともに、孝謙女帝の後、誰が皇位を継ぐのかをめぐって、世上は騒然とし始めたのです。

その中で、家持は、取り上げた反歌でも、剣の太刀を研いで有事に備え、自分たちが受け継いだ「清らかな名」を自覚せよ、と諭します。大伴氏の「名」が、ここでも皇位継承の重大な局面で歌われているのです。

しかし、「陸奥国《みちのくのくに》に金《くがね》を出《いだ》す詔書《しょうしょ》を賀《ほ》く歌」との違いにも目を向けなければなりません。その長歌で家持は、「我を置きてまた人はあらじ」と高言しました。皇室の守りにつく者として、自分以外に誰があるかという昂揚した自意識です。ところが、七年後の今、家持が歌うのは、軽挙妄動を慎めという一族への諭しばかりで、自分がいかに行動するかには言及しようとしません。

実は家持は、一族に教え諭すほどの立場にいたわけではありません。家持はまだ三十九歳、古慈斐《こしび》の他にも叔父稲公《いなぎみ》など、一族に上の世代が残っていました。しかるに、かように長老然とした歌い方をしているのは、やはり聖武天皇崩御のショックが大きいのだろうと思います。若き日に内舎人《うどねり》として身辺に付き従った天皇の崩御は、自分の時代の終焉を感じさせるほどの悲しみを家持に与えたのでしょう。

そして情勢が、家持自身が行動するにはあまりにも危険な方向に進もうとしていたことも確かです。聖武天皇という重しを失い、孝謙女帝とその母、光明皇(太)后、そして皇(太)后の甥藤原仲麻呂《ふじわらのなかまろ》という三人に権力が集中していきます。

家持に親しかった左大臣 橘 諸兄《たちばなのもろえ》は失言によってこの年の二月に辞職しており、翌年一月には亡くなります。その子、橘奈良麻呂《ならまろ》を中心とし、大伴氏からは例の古慈斐、氏の中で最も高い位を持っていた古麻呂《こまろ》、そしてかつての歌友池主《いけぬし》らが加わったクーデター計画（「橘奈良麻呂の変」）が発覚したのは、その年の六月末のことでした。

㉖ 清い道を探し求めて

渡《わた》る日《ひ》の影《かげ》に競《きお》いて尋《たず》ねてな
清《きよ》きその道《みち》またも遇《あ》わむため

【現代語訳】 渡る日の光と先を争って探し求めたい。清らかなその道を。またその人に逢うために。

（『万葉集』巻二十・四四六九）

前項の「族《うがら》に諭す歌」に続けて、家持は別に三首の短歌を載せています。一括して天平勝宝八歳（七五六）六月十五日の日付を付していますから、「族に諭す歌」と一組として読むことが求められます。最初の二首の題は、「病《やまい》に臥《ふ》して無常を悲しび、道を修めむことを欲《ねが》いて作る歌」で、取り上げたのはその第二首です。

一族に軽挙妄動を戒める歌の背後に、このように病臥しながら人生の無常を悲しむ心情が潜んでいたことに驚かされますが、家持が世代を超えて受け継がれる「名」を歌うとき、世間無常《せけんむじょう》の認識と表裏しているのは、越中守《えっちゅうのかみ》時代の例からもわかるのでした（82頁参照）。「族に諭す歌」が「名」を歌う歌の集大成ならば、この歌は「無常」を歌う歌の集大成でもあります。そして、病を嘆く歌の系列の最後尾でもあります。

ただし、「道を修めむことを欲《ねが》う」というこの二首は、家持の歌の中でも際立って仏教的です。それまでも知識として世間無常を歌うことはありましたが、それ以上に仏教に接近しようという表現は見えません。ところがこのたびは、第一首からして、

うつせみは数《かず》なき身なり山川の清《さや》けき見つつ道を尋ねな

（この世の人間は決まった寿命がないものよ。山や川の清らかなのを見ながら、道を尋ね

たい）

と、出家して俗世間を離れたいとの意思を明らかにしています。

「渡《わた》る日《ひ》の影《かげ》に競《きお》いて」とは、自分の命が尽きるのと競うようにしてという意味で、第一首の「うつせみは数《かず》なき身なり」とは表裏します。病によって死を意識し、その前に「清き道」をたずねあてたいというのです。

「またも遇《あ》わむため」とは、再び仏に逢うために、の意と考えられます。仏教には「六難値遇《ろくなんちぐ》」という言葉があって、第一に「人身《にんしん》は得難《うけがた》し」と教えます。輪廻《りんね》の中で、人に生まれて仏法に触れることは難しいというのです。せっかく人の身に生まれたのだから、それを無駄にせず、もう一度仏に逢いたいというのでしょう。

このような仏教への傾斜には理由があります。この歌が作られる一か月ほど前に崩御した聖武（太上）天皇は、仏道修行の先達でした。手立てを講じて皇位を娘の孝謙女帝に譲った後は、政治を娘とその母光明皇（太）后にまかせて口を出さず、権力から潔く身を引くその生き方は、家持にとっては、「清きその道」をたずねることに他ならなかったでしょう。「またも遇《あ》わむ」という表現には、もしかしたらこの世を去った聖武天皇にまた逢いたいという意味が込められているのかもしれません。

少なくとも、ここまで家持が気弱になり、世間に背を向けようとしていることに、聖武天皇の崩御が大きく影響していることは確かでしょう。若いときからそばに仕え、我が氏族を名指しで称揚してくれた人の死は、自分の時代の終わりを感じさせ、この世に生きることの意味を失わせてしまったのだと思われます。

ただし、それが家持の思いの全てかといえば、そうではないと見るべきでしょう。そこにはいくぶんかの韜晦が含まれているはずです。聖武天皇崩御とともに、皇位をめぐる闘争は密かに始まっていました。特に武力を持った大伴氏には、内外からさまざまな働きかけがあったと考えられます。しかし橘《たちばなの》奈良麻呂《ならまろ》を中心に、大伴氏から古慈斐《こしび》・古麻呂《こまろ》・池主《いけぬし》らが加わったクーデター計画に、家持は参加しませんでした。「病」と称し、出家して「清きその道」をたずねたいと願望するこの歌は、そうした動きから距離を置こうとする家持を表します。それは「大伴氏の清き名を汚すな」という「族に諭す歌」の主張とやはり表裏するのです。気弱なポーズの裏側には、四十歳に達しようとするベテラン政治家の冷静な情勢分析があったに違いありません。

㉗ はかない身と知りつつ執着する

水粒《みつぼ》なす仮《か》れる身《み》そとは知《し》れれども
なおし願《ねが》いつ千年《ちとせ》の命《いのち》を

（『万葉集』巻二十・四四七〇）

【現代語訳】 水の粒のような仮の身とは知っているけれども、やはり願ってしまうよ。千年続く命を。

家持が「族《うがら》に諭す歌」とともに残した短歌の三首目は、「寿《いのち》を願いて作る歌」と題されています。先の二首と同じく、仏教色が強く、また非常に気弱です。「水粒《みつぼ》」とは水の飛沫で、いくらも経たずに消えてしまうものですが、「この世の存在はみな飛沫のようにはかないものだ」と多くの仏典にあります。病に臥していると、自分の身もはかなく消えてゆくことが改めて実感される。しかしそれでもこの人間の身は捨てがたい。無常の理はわかっていても、やはりこの命が千年もあれかしと願ってしまう……。

一方で俗世を離れる悟りを願いながら、一方で現世の生に執着してしまう矛盾は、山上憶良が死を前にして歌ったところでした。

水沫《みなわ》なすもろき命《いのち》も栲縄《たくなわ》の千尋《ちひろ》にもがと願い暮らしつ

（水の飛沫のようなもろい命でも、楮《こうぞ》で作った縄が千尋にも延びるようであってほしいと一日ずっと願ってしまったよ）

人間、生まれた以上はできるだけ永く生きたいと思うのが本来の姿ではないか。家持は最終的に、この憶良の末期《まつご》の歌を自らの指針としたのです。そして、「橘《たちばなの》奈良《なら》麻呂《まろ》の変」をやり過ごし、その後二十八年、したたかに生きぬきました。

《家持のキーワード ②『万葉集』の編纂》

『万葉集』には、その成立を示すような序文や奥書がありません。その名の意味もわかりませんし、統一的な編纂の跡も見られないのです。

巻《まき》一は「雑歌《ぞうか》」の巻で儀式・宴会や旅の歌、巻二は「相聞《そうもん》」（私的なやりとり。特に恋の歌）と「挽歌《ばんか》」（人の死に関わる歌）から成ります。この三つを「三大部立《ぶだて》」と呼んでいます。

ところがこの三大部立ては、巻一・二の後も繰り返し現れ、巻によっては季節分類が加えられたりします。そして「家持歌日誌《やかもちうたにっし》（日記）」と呼ばれる巻十七以降は、日付順の配列になって部立が消滅してしまいます。どうも『万葉集』は、巻一・二を核として、増補を重ねて出来上がったらしく、増補されるものは、その時期によってかなり性質が違っていたようです。

最後の「家持歌日誌」を形成した家持が、最終的な編纂に深く関係したことは疑いないでしょう。しかし家持は、それまでに積み重ねられてきた部分を解体して統一的に編纂し直すということはあえてしなかったようです。

それは、そうして増補が繰り返されてきたこと自体が、和歌の発展を語るものだったからではないでしょうか。『万葉集』は、巻一・二が一番古い時代の歌で、巻二十巻末の家持歌が一番新しい歌です。大きく見て、『万葉集』は歌の長い歴史を語る歌集なのです。『万葉集』の名も、そうした歌集の性格と関係するかもしれません。

Ⅲ
ひとり風景と向き合う

㉘ 天候とともに変わる心境

雨隠《あまごも》り心《こころ》いぶせみ出《い》で見《み》れば
　春日《かすが》の山《やま》は色《いろ》づきにけり

【現代語訳】 雨に降り込められて、心が塞ぎこんでしまったので、外に出てみると、春日山は、もみじに美しく彩られていたなあ。

（『万葉集』巻八・一五六八）

秋のうっとうしい長雨の中、季節の美を見出した喜びを歌っています。春日山《かすがやま》は、平城京の東にあり、大伴氏の屋敷のあった佐保《さほ》は京《みやこ》の東北部ですから、自宅から見える景を歌ったのでしょう。

この歌は、短歌四首が並んだ中の第三首にあたります。四首は連作で、天候の変化とともに変わる心境をつづっているとみられます。

ひさかたの雨間《あまま》も置かず雲隠《くもがく》り鳴きそ行くなる早稲田雁《わさだかり》が音《ね》

（雨の晴れ間を待つこともなく、雲に隠れて飛んでゆく声が聞こえる。早稲田《わせだ》を刈るという名の雁たちよ）

第一首は、雨の中、雲に隠れながら飛んでゆく雁を、その鳴き声を聞いて想像しています。声だけを響かせて姿を見せない雁を歌うところに、雨に降り込められた鬱屈が感じ取られます。次の第二首は、第一首の素材をそのまま引き継いで、

雲隠《くもがく》り鳴くなる雁《かり》の行きて居《い》む秋田の穂《ほ》立《た》ち繁《しげ》くし思おゆ

（雲に隠れて鳴く声の聞こえる雁がこの先舞い降りる、秋の田の実った稲穂のことが、しきりに思われる）

と歌います。第一首の末尾で、「早稲田雁《わさだかり》が音《ね》」と、「雁」と「刈り」とを掛詞《かけことば》にしたのは、第二首への布石でした。その雁が舞い降りる早稲田の稲穂へと想像が広がってゆくのです。この歌でも、「穂立《ほた》ち繁《しげ》く」（稲穂がたくさん群れている）と「繁《しげ》くし思おゆ」（しきりに思われる）とが、重ね合わされています。

そして掲出の第三首で、雨が晴れるとともに、想像の景から現実に見える景への転換が起こるのです。目のさめるような鮮やかな色彩が、「雨隠《あまごも》り」からの解放感をよく表しています。そして結びの第四首、

雨晴れて清《きよ》く照りたるこの月夜《つくよ》また更にして雲なたなびき

（雨が晴れて、清らかに照り輝くこの月夜よ。この上また、雲がたなびいたりしないでおくれ）

では、時間が夜に進んで、清らかな雨後の月が歌われます。その美への愛とともに、再びそれが雲に覆われることへの危惧が末尾に歌われて、全体が閉じられます。

この四首が作られたのは、天平八年（七三六）九月、家持十九歳の秋です。この時期から、短歌による連作が作られているのに注目しておきましょう。短歌一首一首

が、特定の時点、「作中の現在」を持って、その瞬間の景と自己とを切り取っています。そして、その連続が、進んでゆく時間を再構成しているのです。

しかし後年の作との相違にも目を向けなければなりません。この第三首には、暗から明、鬱屈から解放への転換がありますが、それは、同じく若年の作と見られる、

隠《こも》りのみ居《お》ればいぶせみ慰《なぐさ》むと出《い》で立ち聞けば来鳴《きな》くひぐらし

（家にこもってばかりで気が晴れないので、退屈しのぎに外に出て聞くと、折よくひぐらしが来て鳴くことよ）

も全く同様です。「見れば」「聞けば」という言い回しは、『万葉集』の中でも古い時代の作から見られ、基本的に良い景色に出会って、それを讃える歌の型なのです。

家持は、そうした古い歌の型の踏襲から作歌を始めました。逆に言えば、後年の短歌は、そうした型からはずれることで、独自性を持っていったのです。それと連動して、家持の歌のあり方は、晴れてゆく心を歌に詠み込むことから、歌うことで心を晴らすことへと、変化していったように思われます。

㉙ 七夕に孤独をかみしめて

たなばたし船乗《ふなの》りすらし

まそ鏡清《かがみきよ》き月夜《つくよ》に雲立《くもた》ちわたる

（『万葉集』巻十七・三九〇〇）

【現代語訳】 織女《しょくじょ》が船に乗ったに違いない。鏡のように清らかな月夜に、水しぶきのような雲が広がってゆくよ。

「たなばた」とは、「棚機」、つまり織機《しょっき》の一種で、転じてそれを操る織女《しょくじょ》を表します。この行事自体を「たなばた」と呼ぶのは、更なる転用ということになります。

この歌の場合、織女が船に乗って、天の川を渡っています。七夕はもともと中国の伝説で、そこでは織女が渡河して牽牛《けんぎゅう》のもとに向かいます。しかしこの伝説が和歌で歌われるときは、日本の「妻問婚《つまどいこん》」の習慣に合わせて、牽牛のほうが通ってゆくことになるのが普通です。その点で、家持のこの歌は、和歌の通例と異なっています。「船乗《ふなの》りすらし」の「らし」は、今の「らしい」とはやや異なって、根拠に基づいた推定を表します。その根拠となるのが「雲立《くもた》ちわたる」で、これは空に広がる雲を、織女が乗った船が立てる水しぶきに見立てているのです。つまり家持は、夜空を見上げながら、広がる雲に織女の船出を思いやっていることになります。こうした七夕伝説に対する傍観者的な態度も、『万葉集』の七夕歌の中では異例です。

『万葉集』中、七夕歌でもっとも古いのは、『柿本人麻呂歌集』に載せられていたとされる三十八首です。この中に、地上から天空を見上げて、という態度で作られた歌は一首もありません。織女や牽牛になり代わって歌った形のものは言うまでもなく、

それ以外の第三者的立場の作も、たとえば、

あからひく色妙《いろぐわ》し子をしば見れば人妻故《ひとづまゆえ》に我《あれ》恋いぬべし

（血色がよく美しいあの人を何度も見ていると、人妻だというのに、あの人に私は恋をしてしまいそうです）

などと、伝説の中に深く入り込んで歌っているのです。そのように伝説に参加しながら歌うのが、七世紀後半の初期の七夕歌では楽しみとされたのでしょう。

家持の態度は、それとは異なると思われます。家持は、むしろ夜空を見上げる自分を表現したかったのではないでしょうか。

取り上げた歌の注には、「十年七月七日の夜、独《ひと》り天漢《あまのがわ》を仰ぎて、いささか述懐す」とあります。正史『続日本紀《しょくにほんぎ》』によると、この天平十年（七三八）七月七日、宮中では、聖武天皇が恒例の相撲見物の後、文人たち三十人に、梅の木を詠ませました。いつもなら七夕の詩歌を詠ずるところ、わざわざ秋に春の花を詠ませる趣向だったのです。それをこなした文人たちには、褒美の品が与えられました。若年の家持は、まだそうした風流の場に参加することができません。「独《ひと》り天漢《あまのがわ》を仰ぎて……」という注

は、その疎外感を述べたのでしょう。一年に一回の逢瀬でも、この夜は、織女と牽牛のほうが、孤独な家持より幸せです。夜空を見上げるという形で、伝説世界とも距離を置くのは、二つの星と自分とを比べているからなのでしょう。

奈良時代に入ると、七夕歌は、作り手の境涯を表現するのにも利用されるようになっていました。たとえば、山上憶良が、大宰府で作った七夕の長歌にも、やはり「天《あまの》漢《がわ》を仰ぎ観て」という注があって、自分が遠く九州の地にあって都と隔てられていることを背景にしているとみられます。また天平八年、新羅に向かう使節団が道中の宴で作った七夕歌も、それぞれに都に残してきた家族への思いを、伝説の二星に引き比べて歌っています。

家持は、この後もたびたび七夕歌を歌っていますが、すべてこの天平十年の作と同様、自分の孤独感を表現するものとみられます。この歌と同じく、天の川を見上げて、伝説世界を想像する歌もあります。そして二星になり代わる歌の多くは、当夜になってもなかなか逢えない焦りを歌います。逢瀬に満たされた歌が見えないのです。

家持の歌に、時にこのような寓意が潜んでいるのは、たいへん興味深いことです。

㉚ ひとり秋を歌う

秋《あき》の野《の》に咲《さ》ける秋萩《あきはぎ》
秋風《あきかぜ》に靡《なび》ける上《うえ》に秋《あき》の露《つゆ》置《お》けり

（『万葉集』巻八・一五九七）

【現代語訳】　秋の野に咲いている秋萩が、秋風に靡《なび》いていて、その上に秋の露が降りているよ。

「秋の歌三首」と題された作品の最初の一首です。その題のとおり、冒頭から秋の景物を、「秋」という言葉を冠しながら並べています。ただし、でたらめに列挙しているのではありません。「秋の野」という全体の風景から「秋萩《あきはぎ》」という一つの景物に絞り、それが「秋風」になびく動きを加えつつ、その上に降りている「秋の露」という微細なものに注目してゆきます。そのズームアップの手法が巧みです。

「秋」という語を繰り返すのは、漢詩の技法に倣ったのでしょう。六世紀の中国六朝時代、梁の元帝が、「春」という字を二十三回も使って「春日《しゅんじつ》」という詩を作ったことは、『芸文類聚《げいもんるいじゅう》』という詩文を作るための参考書に載せられていて、よく知られていました。家持自身も、この歌より後、「春朝《しゅんちょう》に春花《しゅんか》は春苑《しゅんえん》に馥《におい》を流《なが》し……」という対句を作っています（86頁参照）。

また他の語に比べて「秋の露」という表現は、やや熟さない感じを受けるかもしれません。ここには謎かけがあるように思われます。「青春」とか「白秋」のように、季節にはそれぞれシンボルカラーがあり、秋の色は白でした。つまり「秋の露」は、同時に「白露《しらつゆ》」であったと考えられるのです。

このように、この歌はかなり技巧を凝らした作品です。しかしそれは必ずしも、この歌が遊戯的に作られたということではありません。「秋」を繰り返すことで、一首は秋の情感で統一されています。そして「秋萩」の上の「秋の露」への注目は、家持が「秋の野」に孤独に向き合っていることを言外に示しているのでしょう。人と一緒なら、そのような微細なものに目を留めるはずはありません。

さ牡鹿《おしか》の朝立つ野辺《のへ》の秋萩《あきはぎ》に珠《たま》と見るまで置ける白露《しらつゆ》（第二首）

さ牡鹿《おしか》の胸《むな》分《わ》けにかも秋萩の散り過ぎにける盛りかも去《い》ぬる（第三首）

「秋の歌三首」には、どこにも人の影がありません。第三首は、牡鹿が野を進んで、その胸に押し分けられて、秋萩が散ったのか、それとも、盛りがもう過ぎたのだろうか、と歌っています。美しいけれども、何となく寂しさを感じさせる光景です。

この三首には、天平十五年（七四三）八月という制作の時が注記されています。それは単にいつ作ったということを表しているだけではないでしょう。三首が久邇京《くにのみやこ》時代の作であることが、その注記からわかるからです。

何度か触れましたが、久邇京は、清浄の地を求めてか、聖武天皇が平城京から遷都した山の中の都です。当時、天皇直属の内舎人《うどねり》だった家持は、そこに常駐していなければなりませんでしたが、新京の建設は遅々として進まず、不便な土地に移住することを望まない人々は、平城京に留まったままだったようです。家持の周囲でも、妻坂上大嬢《さかのうえのおおおとめ》やガールフレンド紀女郎《きのいらつめ》、弟書持《ふみもち》らは平城京に居て、山一つ隔てただけという近さもあって、家持は彼らとよく歌を交し合っています。

つまり「秋の歌」は、ひたすら久邇京の山の景を歌っていて、それはその景と向き合っていなければならない生活を暗示しているのです。確かにそこは清らかな泉川《いずみがわ》（木津川）が流れる自然の美しい場所でしたが、家族や恋人と離れてそこにずっといるのは退屈で寂しいことだったに違いありません。

家持が官職に就く頃になると、このように叙景歌に制作時が記され、それによって家持の状況と、その時の心情が浮き彫りにされるようになります。

山彦《やまびこ》の相響《あいとよ》むまで妻恋《つまごい》に鹿鳴《か》く山辺《やまへ》に独りのみして

静かな山中に鹿が妻を求める声が響き、自分はひとりでそれを聞いている。同じく久邇京で作られたこの歌には、天平十五年八月十六日と、日付までが記されています。

31 季節の風物を友に

橘《たちばな》のにおえる香《か》かも
ほととぎす鳴《な》く夜《よ》の雨《あめ》にうつろいぬらむ

（『万葉集』巻十七・三九一六）

【現代語訳】 橘の花の芳香は、ほととぎすが鳴く今夜の雨で失せてしまっているであろうか。

天平十六年（七四四）四月五日、「平城《なら》の故宅《もとついえ》」で作ったと記されている六首の冒頭の歌です。この三か月ほど前、聖武天皇は久邇京《くにのみやこ》を出て、難波京へと遷りました。実質的に久邇京の造営が放棄され、どこを都とするかもはっきりしない不安定な状態は、四月になっても続いています。加えて、難波への移動中に、将来の皇位継承を嘱望される安積親王《あさかしんのう》が亡くなってしまいました（66〜77頁参照）。

天皇に付き従っていなければならないはずの内舎人《うどねり》家持が、なぜこのとき、平城京の自宅にいたのかはわかりません。しかし懐かしい元の家に戻っても、家持の心は決して明るくはなかったでしょう。平城京は相変わらず打ち捨てられたままでした。この歌群の第五首で、家持が、

鶉《うずら》鳴く古《ふる》しと人は思へれど花橘《はなたちばな》のにおうこのやど

と歌うように、宮廷の人たちには、鶉がのんびりと鳴いている古びた田舎と見なされつつあったのです。そこで家持はひとり、季節の風物、橘とほととぎすを友として、過ごしています。その花の香もまた、梅雨に降り込められているうちに失せてしまうでしょう。花の香への愛惜を通じて、やりきれない家持の心情が、暗示されています。

㉜ 越中の風土への畏敬と違和感

立山《たちやま》の雪《ゆき》し消《く》らしも
延槻《はいつき》の川《かわ》の渡《わた》り瀬《ぜ》あぶみ漬《つ》かすも

（『万葉集』巻十七・四〇二四）

【現代語訳】 立山《たてやま》の雪が解けたらしい。延槻川《はいつきがわ》（早月川《はやつきがわ》）の渡り瀬では、馬のあぶみが流れに浸っているよ。

家持がもっとも多くの歌を残したのは、越中守《えっちゅうのかみ》として赴任していた時代です。

当時の越中の国府は、今の富山県高岡市内で、氷見線で高岡から少し北上していった先、伏木《ふしき》という土地の高台にありました。近くには二上山《ふたがみやま》、遠くには立山連峰《たてやまれんぽう》を望み、眼下に射水川《いみずがわ》（小矢部川）とそれが注ぐ富山湾を見る、たいへん美しい場所です。

しかし家持のような都の貴族にとって、「越《こし》の国」は畿内の境を出た地域、「天離《あまさか》る夷《ひな》」と呼ばれるところでした。「夷」は野蛮人を表す漢字ですから、文明の行き渡っていない未開地という認識です。

家持は「しなざかる越《こし》」（都に比べてずっと程度の低い場所の意か）とか「み雪降る越《こし》」といった表現を作って、その風土に対する違和感を表明しています。当然、そこに居たくて居るわけではありません。越中時代の五年間の歌は、大半が都への思いに費やされています。たとえば、『万葉集』巻十八所収の「庭中《ていちゅう》の花の作歌」では、

なでしこが花見るごとに娘子《おとめ》らが笑《え》まいのにおい思おゆるかも
（なでしこの花を見るたびにあの子の笑顔の輝きが思われるなあ）
さ百合花《ゆりばな》後《ゆり》も逢わむと下延《したは》うる心し無くは今日も経《へ》めやも

（百合の花ではないが、後《ゆり》にでも〈妻〉に逢えるだろうと密かに思う心がなかったら、
今日一日だって暮らせるものか）

などと歌っています。都で馴染みの花を庭に植えて、それをよすがに都に残してきた妻を偲んでいるのです。きわめて内向きの思考といわねばなりません。

しかし越中《えっちゅう》の豊かで広々とした、また時に荒々しい風土が、家持に感動を与えることもありました。家持は野に出て鷹狩《たかが》りを催し、越《こし》の国は「山高み川とおしろし、野《の》を広《ひろ》み草こそ茂《しげ》き」（山は高く、川は雄大だ。野は広く、草が深く生い茂っている）と歌っています。また夏になると男たちを引き連れて川に入り、鵜飼《うか》いを楽しんでいます。鷹狩や鵜飼は天皇が権利を持つものだったのですが、国守《こくしゅ》である家持は、天皇の代行者として、それを行うことができたのです。

取り上げた歌は、天平二十年（七四八）春、越中国内を巡行中、新川郡の延槻川《はいつきがわ》を渡るときの歌です。春、農事の監督・奨励のために、管轄している国内を巡察するのは、国司の義務でした。当時の越中は能登の範囲も含んでおり、八郡に及ぶ広大な国でしたが、家持はそれらをくまなく回り、義理堅く一郡につき一～二首の歌を残して

います。

「延槻《はいつき》の川《かわ》」は今、早月川《はやつきがわ》と呼ばれており、剱岳《つるぎだけ》から流れ出して、滑川・魚津両市の間を流れて富山湾に注いでいます。このあたりの川の例にもれず、高山から一気に流れ下る急流です。そして家持が渡ったとき、そこは馬のあぶみが水につかるほど、深かったのです。冬の間立山《たてやま》に降った大量の雪が、春になって解け、ふもとへと押し寄せていたからです。

その水量と勢いに、家持は圧倒され、脅威を感じたに違いありません。しかし家持は、そこから立山の雪が消えてゆくことに思いを馳せています。それは寒く暗く長い、雪国の冬の終わりを告げるものでもあったのです。そこには、恐怖と喜びとがないまぜになった複雑な感情があったと思われます。

これに限らず、越中の風土に対して、家持は両義的な感情を持っていたようです。その洗練されない荒々しさに対して違和感を抱きながら、その地の豊かさや力に畏敬を感じないではいられません。自分の馴染みの世界とはあまりにも違っていますが、しかしそこは自分が天皇から任された土地だったのです。

㉝ 孤独を癒やすほととぎす

行方《ゆくえ》なくありわたるとも

ほととぎす鳴きし渡らばかくや偲《しの》わむ

【現代語訳】　行く場所もなく、ここに居続けたとしても、ほととぎすが渡ってきたならば、こうして聞きほれるのだろうか。

（『万葉集』巻十八・四〇九〇）

家持は、若年の頃からほととぎすの歌をたくさん作っています。当時ほととぎすは立夏になると鳴き出すといわれていて、その頃になると、ほととぎすが待たれてしかたなかったようです。木立がこんなに茂ったのに、なぜ来て鳴かないのか、とほととぎすを恨む歌まで作っています。偏愛といってもよいでしょう。

ただしほととぎすは、単に鳴き声を賞美されているのではなさそうです。ふらりとやってきて、昼も夜も鳴き続け、また去ってゆきます。鶯《うぐいす》の巣の中に卵を産みつけ、鶯に育ててもらうという託卵《たくらん》の習性も知られていました。そうした数寄な出生、漂泊の身に、ある人は同情し、またある人は我が身に引き比べたのです。孤独を感ずることの多かった家持にとって、ほととぎすは心慰められる友というべき存在でした。

北国越中《えっちゅう》で、家持はほととぎすの遅い到来を待ちに待っていました。取り上げた歌は、「陸奥国《みちのくのくに》に金《くがね》を出《いだ》す詔書《しょうしょ》」を受け取った頃の作です（92頁参照）。それは孝謙女帝の皇位継承が近いことを示していました。都に変化が起こりつつあるとき、遠い越中に暮らす家持は焦りを禁じえなかったのでしょう。いつまでもここに居て、こうしてほととぎすを慰めにするしかないのだろうかという、嘆きを含んだ歌です。

㉞ 遥か都を思う心が浮き上がってくる

春《はる》の苑紅《そのくれない》におう
桃《もも》の花下照《はなしたで》る道《みち》に出《い》で立《た》つ娘子《おとめ》

【現代語訳】　春の苑が真っ赤に照り映えている。桃の花が下を照らしている道に出ている乙女よ。

（『万葉集』巻十九・四一三九）

『万葉集』巻十九は、とても変わった巻です。すべての歌が日付順に並んでいるのは、巻十七から巻二十までの末四巻に共通の特徴ですが、巻十九には家持の歌に署名がありません。その代わり巻末に、「年月、場所、作歌の経緯などだけを記し、作者名がない歌は、すべて家持の歌である」との注記があります。

それは言わば、この巻十九という歌巻が、家持に引き付けられているということでしょう。末四巻を「家持歌日誌《やかもちうたにっし》（日記）」などと呼ぶことがありますが、その中でもその性格が強い巻なのです。それは同時に、この巻の中の家持が、基本的にずっと孤独であるということを意味すると思われます。

取り上げた歌は、その巻十九の巻頭の歌で、題詞に「天平勝宝二年三月一日の暮《ゆうべ》に、春苑桃李《しゅんえんとうり》の花《はな》を眺矚《ちょうしょく》して作る二首」とあります。「眺矚」は眺めること。ここから始まる十二首は、すべて「～を…する」という形の題を持つ独詠歌で、「～」にはすべて景物、「…する」には、多くは見る、聞くといった感覚に関する動詞が入ります。

統一された題からして、一種の連作として作られたと考えられます。越中守《えっちゅうのかみ》時代の作で、いずれも評価が高いので、「越中秀吟《えっちゅうしゅうぎん》」などと呼ぶこともあります。

これらは景物を歌うものですから、「詠物歌《えいぶつか》」に属します。しかし単に景物の美しさを描いているだけではなく、これらの歌には都を恋しく思う気持ちがずっと流れています。

桃の花と、その下にたたずむ乙女を歌った巻頭の歌も、やはり例外ではありません。晩春の日の夕方、苑全体が紅に照り輝き、桃の花の色と、乙女の赤い裳《も》（スカート）の色とが華やかさを競っています。この乙女は、原文に「嬬嬬《おとめ》」とあり、それは宮廷風に装った若い女性を表しています。正倉院蔵の樹下美人図《じゅかびじんず》を思い出す人もいるでしょう。花と乙女とが映り合う構図は、まことに絵画的です。

それはまた、非常に中国的でもあります。この歌は、桃の花を歌った最初の和歌です。和歌と漢詩とは、素材の面で棲み分けるところがあって、漢詩にはよく詠まれても和歌には出てこない素材があり、桃の花はその一つです。

桃の夭夭《ようよう》たる、灼灼《しゃくしゃく》たるその華《はな》。この子《こ》ここに帰《とつ》ぐ。その室家《しっか》に宜《よろ》しからん。

（桃の木の若々しくつやつやしいのに、輝くように華やかな花が咲く。嫁ぎゆく乙女

は、きっとあの家の人々に歓迎されよう）

中国最古の詩集『詩経』のよく知られた一首です。桃の花と乙女の取り合わせは、この詩に基づいていると考えられます。

まとめて言えば、それは中国風に装われた都を髣髴とさせる光景なのです。家持は、その光景を「眺矚《ちょうしょく》」しています。それは、自分から離れたものとして眺める態勢です。つまり、美しく、みやびな光景を、距離をおいて見ることによって、越中で都を思う心情が、おのずから浮き上がってくる仕組みが、この歌にはあるのでしょう。

それは、従来の和歌とは大きく異なる抒情の方法です。それに応じて、この歌は、歌の構造の上でも、従来の和歌にはなかったようなフォルムになっています。そのため、この歌は、異なった読み方を許すところがあります。

「現代語訳」に記した解釈と違って、「春《はる》の苑《その》」「紅《くれない》におう桃《もも》の花《はな》」「下照《したで》る道《みち》に出《い》で立《た》つ娘子《おとめ》」と、三つの名詞が並列しているとみる解釈も、十分可能だと思います。それは、この歌が絵画的な構図を持つことと関わるのでしょう。絵画が、見る角度によって、さまざまな表情を見せるようなものかもしれません。

35 異郷の雪国で李の花を歌う

我《わ》が園《その》の李《すもも》の花《はな》か庭《にわ》に散《ち》る
はだれの未《いま》だ残《のこ》りたるかも

（『万葉集』巻十九・四一四〇）

【現代語訳】我が庭の李《すもも》の花が地面に散り敷いたのか。それとも薄雪《うすゆき》（はだれ）がまだ残っているのか。

「天平勝宝二年三月一日の暮《ゆうべ》に、春苑桃李《しゅんえんとうり》の花《はな》を眺矚《ちょうしょく》して作る二首」のうち、桃の花の歌と対になる李《すもも》の花の歌です。中国の歴史書『史記』の「桃李《とうり》もの言わざれども、下自《したおの》ずから蹊《こみち》を成す」の故事成語からも知られるように、「桃李」は中国的な景物です。李の花の歌は、『万葉集』にこの一首しかありません。

桃の花の紅に対して、李の花は白く、色彩的にも対をなしています。その白さは雪になぞらえられます。時は「暮《ゆうべ》」ですから、すでに暗くなりつつある頃。薄暮の中、地面に白く見えるものがあるが、それは李の花が散ったのか、それとも薄雪がまだ消え残っているのか、と疑っているのです。

李は春の花、雪はもちろん冬の景物です。初春の頃、冬と春の景物が交錯することは、雪と梅を素材にして、漢詩でも和歌でもよく歌われました。しかし今は梅ならぬ李の花で、季節は初春ならぬ晩春三月一日です。そこにこの歌のポイントがあります。

晩春になっても、李の花なのか、残雪なのか、と疑わなければならないのは、ここが都ではなく、雪国越中《えっちゅう》だからなのです。あえて結論を出さず、疑いを投げかけたままにすることが、異郷に暮らす家持の揺れる思いを浮かび上がらせています。

㊱ 望郷の物悲しさが聞こえてくる

春儲《はるま》けて物悲《ものがな》しきに

さ夜更《よふ》けて羽振《はぶ》き鳴《な》く鴫《しぎ》誰《た》が田《た》にか住《す》む

【現代語訳】 春を待ちうけて物悲しく思っているときに、夜更けになってははばたき鳴く鴫《しぎ》よ、いったい誰の田に住みついているのか。

（『万葉集』巻十九・四一四一）

「越中秀吟《えっちゅうしゅうぎん》」十二首のうち、「桃李《とうり》の歌」に続く第三首です。題詞には「翻《と》び翔《かけ》る鴫《しぎ》を見て作る歌」とありますが、歌の内容は、夜更けにはばたき鳴く鴫《しぎ》を歌っており、姿を「見て作る」というより、鳴き声を「聞いて」いる趣です。しかし感覚的に景物が捉えられていることに変わりはありません。

鴫は渡り鳥で、日本には冬、越冬のためにやってきます。春になると北へ帰ってゆくのですが、この時はまだ越中に留まっていました。単独で暮らすことの多い鳥なので、家持が見たのも、おそらく一羽だったのでしょう。それが居ついているのは、どこの田なのだろうか、と鳴き声を聞きながら思案しています。

そのとき、家持が感じていたのは、「春儲《はるま》けて物悲《ものがな》しき」という心情でした。「春儲《はるま》けて」とは、春をひたすら待望して、といった意味です。晩春三月一日を迎えて、なおそのように春を待つと言わねばならないのは、やはり北国にいるからに違いありません。「物悲し」と述べるのも、そうした異郷暮らしの憂いが中心にあるのでしょう。

漂泊の身であることにおいて、鴫と家持とは重なっているのでした。鴫の住む田を思いやる家持には、鴫への親近感があるとみてよいと思います。しかし、鴫を「聞く」（題詞によれば「見る」）家持は、鳴とはやはり離れたところに位置します。感覚する態勢を取る限りは、それと一体化することはないのです。鳴の存在は、むしろ異郷にある孤独を自覚させるものだったでしょう。

鳴の鳴き声や羽ばたきの音を追って、家持の思いは闇の中にさまよい出ているかのようです。こうした歌が、十二首の中には多くあります。たとえば、

燕《つばめ》来る時になりぬと雁《かり》がねは国偲《しの》いつつ雲隠《くもがく》り鳴く　（「帰る雁を見る歌」）

（燕が来る季節になったと、雁たちは、故郷を思いながら、雲に隠れて鳴いている）

夜降《よぐた》ちに寝覚《ねさ》めて居《お》れば川瀬《かわせと》尋め心もしのに鳴く千鳥《ちどり》かも　（「夜《よ》の裏《うち》に千鳥《ちどり》の鳴《な》くを聞く歌」）

（夜更けに眠れずにいると、川瀬を求めて、心がしおれるほどに鳴く千鳥たちよ）

これらの歌にもやはり、鳥に対する親愛の感情があります。右の「帰る雁を見る歌」に歌われる雁は、もちろん渡り鳥で、中国には、紀元前、敵国・匈奴《きょうど》に囚われた蘇武《そぶ》が、故郷の方へ渡ってゆく雁に手紙を付けたという「雁信《がんしん》」の故事があります。その雁が故郷を偲びながら飛んでゆく、と家持は雁の思いとして歌うのですが、故郷

を偲んでいるのは、実際には家持自身なのでしょう。雲の中から聞こえる声に耳を傾けることに、故郷に帰ってゆく雁への憧れが込められているようです。

一方、千鳥のほうは、夜中に、居るべき川瀬を求めて鳴いています。「心もしのに」とは、千鳥たちが、心がしおれたかのように悄然と鳴いているようすですが、雁の場合と同じく、実は家持の心情なのでしょう。夜中、憂いを抱えて床の中で眠れずにいると、千鳥たちの声がそのように悲痛に聞こえるということと思われます。

実は、このように鳥に感情移入する表現は、漢詩に見られるものでした。たとえば、六世紀の中国の北周《ほくしゅう》王朝に仕えた詩人、庾信《ゆしん》の作（「秋夜、単飛《たんぴ》の雁を望む」）に、

群れを失いし寒雁《かんがん》、声憐《あわ》れむべし。夜半《やはん》、単《ひと》り飛んで月辺《げっぺん》にあり

とあります。こうした趣を、家持は歌に取り入れているのです。また庾信のこの詩は、前の句が群れからはぐれた雁の悲しげな声を歌い、後の句が月をかすめるように飛ぶ姿を写すことで、視覚・聴覚がそれぞれに際立たされています。

題詞にも示されるような十二首の感覚性は、こうした詩の描写法に学んだものでした。そしてそれは同時に、自己の心情を景物に託す方法でもあったのです。

37 都を連想させる情景

もののふの八十《やそ》娘子《おとめ》らが汲《く》みまがう
寺井《てらい》の上《うえ》の堅香子《かたかご》の花《はな》

【現代語訳】 たくさんの氏族の乙女《おとめ》たちが、かわるがわる水を汲んでゆく、寺の井戸のほとりの堅香子《かたかご》（カタクリ）の花よ。

（『万葉集』巻十九・四一四三）

「越中《えっちゅう》秀吟《しゅうぎん》」第五首。「堅香子《かたかご》の花を攀《よ》じ折《お》る歌」と題されています。「堅香子」は今カタクリと呼ばれるユリ科の植物で、昔は地下茎から片栗粉《かたくりこ》を取りました。早春に薄紫色の花が咲きます。群生するのが特徴で、現在も越中国府《えっちゅうこくふ》跡近くに群落があります。

「もののふの」は、「八十娘子《やそおとめ》」（多くの乙女たち）にかかる枕詞。「もののふの」は文武百官の意で、その出身の氏族が多いことから「八十」を引き出すのに用いられます。ただしそれは単なる装飾ではなく、実質的にも意味を持っています。「娘子《おとめ》」の原文は「嬬嬬《おとめ》」で、宮廷風の装いをした女性を表しています。「もののふの」はまた、乙女たちが、それぞれの氏族から出て朝廷に仕える者であることを暗示すると考えられます。清らかな井戸の水を汲むのは、そうした女性の役目でした。

つまりこの歌も、桃の花の歌（136頁参照）と同様、花と乙女とが映り合う美しい情景を描くことによって、華やかな都への憧れをかもし出しています。ただし題には、堅香子《かたかご》の花を「見る」ではなく、「攀《よ》じ折《お》る」とあるので、この乙女たちは、実景ではなく、折り取られた堅香子の花から連想されたのかもしれません。六枚の花弁を持つ堅香子が群生するようすは、乙女たちが乱舞するさまに似ているようです。

㊳ みやびな宴を待つ時

朝床《あさとこ》に聞《き》けば遥《はる》けし
射水川《いみずがわ》朝漕《あさこ》ぎしつつ謳《うた》う船人《ふなびと》

【現代語訳】 朝の床の中で耳を澄ましていると、遥かに聞こえてくる。射水《いみず》川《がわ》を朝早くから漕ぎながら歌う船人《ふなびと》の声が。

（『万葉集』巻十九・四一五〇）

「越中《えっちゅう》秀吟《しゅうぎん》」の最後を飾る歌です。時は進んで、三月三日の朝になっています。射《い》水川《みずがわ》は、越中国府のある台地の下を流れる川ですが、河口近くですから、流れもゆるやかです。のんびりとした船人の歌が、朝の静けさの中で響いているのでしょう。

家持は、それを床の中で遥かに聴いています。この歌も、鴫《しぎ》や雁、千鳥の歌と同様、聴覚に集中していますが、それらのように憂いを強く感じることはありません。

それはおそらく、中国伝来の行事、三月三日を祝う宴の日の朝だったことによるのでしょう。喜びの少ない越中での生活の中、都と同様に、みやびな節句の宴を開くことは、大きな慰めになったと思われます。この歌の直後に、待望の今日、歓楽を尽くそう、という家持の宴の歌三首が並んでいます。

そもそも、三月一日以来、漢詩文に近しい歌を連ねてきたのは、この宴を待つ期間だったからなのでしょう。宴をめぐって、部下だった大伴池主《おおとものいけぬし》と、歌や漢詩文を交えた贈答を交わしたのは、三年前のことでした。前述のように、池主が越前に去った今、家持はひとり、その時を想起しながら作歌しています。桃の花、訪れてくる燕、帰ってゆく雁などは、その時の漢詩文に出てくる素材だったのです。

39 美しさが寂しさを募らせる

春《はる》の野《の》に霞《かすみ》たなびきうら悲《がな》し

この夕影《ゆうかげ》に鶯《うぐいす》鳴《な》くも

【現代語訳】　春の野に霞がたなびいてそぞろ悲しい。この夕方の光の中で、鶯が鳴いているよ。

（『万葉集』巻十九・四二九〇）

『万葉集』巻十九巻末の三首（四二九〇〜二）は、巻頭の「越中秀吟《えっちゅうしゅうぎん》」と並んで高く評価され、「絶唱三首」などと呼ばれることもあります。すべて独詠歌で、孤独感と憂愁に満ちています。作られたのは、天平勝宝五年（七五三）二月二十三日と二十五日、晩春になろうとする時期なので、「春愁《しゅんしゅう》三首」とも呼ばれます。

「越中秀吟」が天平勝宝二年三月一日から三日の作ですから、巻十九全体でちょうど丸三年ということになります。どうも巻頭部と巻末部とは、対応しているようなのです。「越中秀吟」十二首は、題詞が「〜を…する」という形式で統一されていましたが、この「絶唱三首」にも統一感があります。ただし「越中秀吟」とは対照的に、「二十三日に興《きょう》に依《よ》りて作る歌二首」、「二十五日に作る歌一首」とあるだけで、作歌の場や経緯について、ほとんど何も述べていないことで一貫しているのです。こうしたほとんど日付だけの題詞は、『万葉集』中、どこを探しても他に見当たりません。それは、末四巻の中でも最も「家持歌日誌（日記）」らしく、巻十九の末尾にふさわしいあり方だといえるでしょう。

歌の形が変わっているのも、「越中秀吟」と似ています。二十三日の第一首も、やはり類を見ない構造になっています。和歌は、景物に寄せて心情を述べるのが普通ですが、この歌は両者の関係が非常に特殊なのです。一般的には、まず景物のことを述べ、それに類比的な心情を引き出したり、たとえたりします。

ところがこの歌は、まず第一・二句で景が述べられ、第三句が心情を表した後、次の第四・五句がまた景の表現となっています。しかも第二句と第三句の間は「霞たなびき、うら悲し」というつながり方で、景と情とは並列されているだけで、何の関係づけもされていません。一方、第三句の「うら悲し」は文の終わりの形ですから、第四句以下の景の表現ともやはり断ち切られています。つまり上下の景の表現に挟まれて、第三句の「うら悲しい」心情が浮き上がっている恰好なのです。

このように景と情との典型的な関係をこわす試みは、先に見た「越中秀吟」の「春儲《まう》けて物悲《ものがな》しきにさ夜更《よふ》けて羽振《はぶ》き鳴《な》く鴫《しぎ》誰《た》が田にか住《す》む」などにも見られるのですが、そこでの「物悲し」さは、越中での遅い春を待つ情であると理解できますし、その孤独感によって鴫の住みかを思うというつながりもありました。しかしこの歌では、ぼんやりとした霞に覆われた春の野の景と、何となく悲しい心情とが結びつき、その心情と友を求めて鳴く鶯（鶯はそのような鳥と理解されていました）の声とが響き合う、というつながりがわずかに感じ取れるものの、その関係性は背後に隠れて、形の上での断絶のほうが印象に残ります。

暖房器具の乏しい昔のこと、春は今よりももっと待たれるものだったでしょう。万物の生長するその春は、楽しかるべき季節だったに違いありません。しかし家持は、その春に、ひとり憂え、穏やかな春の景に、むしろ違和を感じているようです。

こうした感じ方は、和歌にとっては極めて洗練された新生面でした。三世紀後半の中国晋代の詩人、陸機《りくき》は、旅人の心を詠じて、「遊客《ゆうかく》は春林《しゅんりん》を芳《かんば》しとするも、春芳《しゅんぽう》は客心《かくしん》を傷《いた》ましむ」（異郷を旅する者は、春の林を美しいと思うが、その美しさは旅人の心を悲しませる）と歌っています。美しさは、自分と縁遠いものと思わせ、かえって寂しさを募らせます。そうした複雑な感じ方を、家持もしているのでしょう。

それは、物に感じやすいという点で、感傷的だといってよいでしょう。「興《きょう》に依《よ》りて作る」というこの歌の題詞もそれを示しています。中国詩学では、「興《きょう》」とは季節の風物によって喚起される情を指すのです。

40 音に孤独が表されている

我《わ》がやどのいささ群竹《むらたけ》
吹《ふ》く風《かぜ》の音《おと》のかそけきこの夕《ゆう》べかも

（『万葉集』巻十九・四二九一）

【現代語訳】 我が家の庭の少しばかり群れている竹に吹く風の音が、かすかに聞こえるこの夕方よ。

巻十九巻末の「絶唱三首」の第二首です。前歌と同じく二月二十三日の作です。第一首が「春の野」を歌っていたのに対して、この歌は「我がやど」ですから、世界が小さくなっています。閉塞感がより強くなっているといえるでしょう。

そして、第一首には夕方の光があったのですが、この歌からは光が失われています。そのことで、かえって耳が研ぎ澄まされている感じがします。視覚が塞がれている中で聞こえる音に集中するのは、「越中秀吟《えっちゅうしゅうぎん》」の鴫《しぎ》・千鳥・舟歌などの歌と同様です。やはり非常に洗練された感覚的な描写法が用いられているのです。

竹の葉ずれの音は、『万葉集』では、他に例のない素材です。まっすぐに伸び、冬も青々とした竹は、中国で四君子《しくんし》（梅・菊・蘭・竹）の一つとして尊ばれ、多くの文人が愛好しています。その音は清らかで神聖なものと聞かれているのでしょう。

しかしそれは乾いていて、あまりにもかすかです。それに聞き入る家持の周辺には、人の影が感じられません。家持はひとりでじっと庭に向かい合っているのでしょう。第一首と異なり、この歌には心情語が全く用いられていません。外界のことだけを述べているにもかかわらず、家持の孤独な状況も内面も、完全に表されています。

㊶ 歌でなくてはこの悲しみは払えない

春日遅々《しゅんじつちち》に鶬鶊《うぐいす》正《まさ》に啼《な》く。悽惆《せいちゅう》の意《い》、歌《うた》に非《あら》ずは撥《はら》い難《がた》きのみ。よりてこの歌《うた》を作《つく》り、もちて締緒《ていしょ》を展《の》ぶ。

【現代語訳】 春の日はうらうらとして長く、鶯《うぐいす》が今鳴いている。痛み悲しむ気持ちは、歌でなくては払いのけられない。そこでこの歌を作って、鬱屈した心を晴らしたい。

（『万葉集』巻十九・四二九二左注）

『万葉集』巻十九、巻末歌の左注です。歌は次のとおり。
うらうらに照れる春日《はるひ》に雲雀《ひばり》上がり心悲しも独りし思えば
（うららかに照っている春の陽光の中に雲雀が舞い上がり、心は悲しくてしかたがないよ。独りで物思いをしていると）

題詞には「二十五日作歌」（天平勝宝五年二月）とあるだけで、これほど簡単な題詞は他にありません。その代わりに、歌をなぞるような長い注が付くのです。

「春日遅々《しゅんじつちち》に鶬鶊《うぐいす》正《まさ》に啼《な》く」は、中国最古の詩集『詩経』に基づく表現です。その「国風」（各地の民謡）の一首、「七月」という詩に、

春日載《はじ》めて陽《あたた》かく、有《ま》た鶬鶊《うぐいす》鳴く。女は懿筐《いきょう》を執《と》りて彼の微行《びこう》に遵《したが》い、ここに柔桑《じゅうそう》を求《と》る。春日は遅々たり。蘩《しろよもぎ》を取ること祁々《きき》たり。女心は傷悲す。殆《ねが》わくは公子《こうし》と同《とも》に帰《とつ》がんことを。
（春の日はようやく暖かく、また鶯が鳴く。女は深いかごを持ってあの小道を行き、桑の若葉を採る。春の日はうららと長く、白よもぎを摘む女がたくさんいる。女心はやるせなく、願いはお姫様とともにお嫁に行くこと）

とあります。この民謡の表現を借りて、春の日のゆったりした情景を述べるのです。それとともに、「七月」が、楽しいはずの暖かい日に、桑の葉を摘む女が、心を傷め悲しむことを歌うのにも注意されます。鶯は友を求めて鳴く鳥とされました。それに触発されて、女は孤独を感じ、嫁入りを願うのでしょう。それは家持の注のいう「悽《せい》惆《ちゅう》の意《い》」（痛み悲しむ心）に通じます。

しかし無論、家持は女ではないし、結婚を望んでいるのでもありません。その違いは、詩の「鶬鶊《うぐいす》」と歌の「雲雀《ひばり》」との相違となって表れているのでしょう。雲雀は、その小さな姿が見えなくなるほど空高く飛んで、そこで鳴き続けます。それは、いわば手の届かない存在なのです。そして、地上の家持は、ひとり取り残されて、暗い物思いに沈みこんでいます。

外界が明るければ明るいほど、内面の暗さが際立つ。それではもう風景によって心を晴らすことはできないでしょう。「悽惆の意」は歌でなければ払うことができない、と注に述べるのは、そうした境地にあることをいうのだと思われます。このように外界と内面が背き合う関係は、『万葉集』の歌ではきわめて特殊です。

春の陽光を捉える視覚と、見えない雲雀の声を聞く聴覚という感覚の働きは、前掲の二十三日の二首と共通しますが、歌の構造は同じではありません。「絶唱三首」はそれぞれ独自の形を持ちながら、順を追って孤独感を深めていくように見えます。

さらに大事なのは、この歌の注が、「この巻で年月、場所、作歌の経緯などだけを記し、作者名がない歌は、すべて家持の歌である」という巻十九の巻末記に直結していることです。それは、この特殊な歌が、巻十九を閉じるために作られていることを意味するでしょう。言い換えれば、この日、巻十九を閉じるときの家持の心境が、この歌に歌われた、明るい陽光の中の、徹底的な孤独感だったということなのです。

この時、家持はすでに平城京に戻っています。しかし越中で夢見たような中央での活躍は実現せず、世は大伴氏にとって、ますます不利になっていました。皮肉なことに、帰京がかえって希望を失わせる結果となったわけです。「絶唱三首」の孤独の根底には、そうした政治的な苦境があります。巻十九は、越中での孤独から京での孤立へと向かう、家持の丸三年を語ります。この巻末歌と巻頭の桃の歌とは、『詩経』に関わる独詠歌として呼応し合い、その巻十九をふちどっているのです。

42 自然と人間を一体として見る

移《うつ》り行《ゆ》く時見《ときみ》るごとに
心痛《こころいた》く昔《むかし》の人《ひと》し思《おも》おゆるかも

（『万葉集』巻二十・四四八三）

【現代語訳】 移り行く時々の風物を見るたびに、心が痛むほどに、昔の人が思い出されることよ。

題詞には、「天平勝宝九歳（七五七）六月二十三日に、三形王《みかたのおおきみ》の宅《いえ》にして宴《うたげ》する歌一首」とあります。家持と同等の官位の人が家で開いた宴ですから、肩肘張らない場だったと推測されるのに、宴の歌とは思えないほど、悲痛な歌いぶりです。

心痛く思われる「昔の人」とは、亡くなった人たちでしょう。あえて特定するならば、前の年に崩御した聖武（太上）天皇と、この年の一月に薨去した橘諸兄《たちばなのもろえ》が挙げられます。二人とも家持が親しく仕え、従った人々です。太上天皇崩御の後の歌には、家持の落胆がありありと表れていますが（108頁参照）、正一位《しょういちい》に昇って、位人臣《くらいじんしん》を極めた諸兄の薨去も、家持にとっては、自分が馴染んだ時代の終わりとして、「心痛く」思われたに違いありません。

「移《うつ》り行《ゆ》く時《とき》」は、これまで家持が歌ってきたさまざまな季節の風物の移ろいを、まとめて述べたような表現です。大いなる自然の営みに従って、万物は変化して止まないが、その「時」の変化を見るたびに、この世から移ろっていった人々のことが思われてならない、というのです。現世において、人と風物とが時の支配を受け、不断に変化する存在であることは、家持が歌い続けてきた主題でした。

しかしこうした人々の死去は、政界に大変動をもたらし、家持は感傷に浸ってばかりはいられませんでした。この歌に付されている日付不詳の二首の歌は、そうした不穏な情勢を思わせます。

咲く花は移ろう時ありあしひきの山菅《やますが》の根《ね》し長くはありけり

季節の風物の変化を悲しんで作った、と注にありますが、どうもそれだけではありません。孝謙女帝が即位し、天平勝宝年間に入ると、実権は女帝とその母光明皇《こうみょうこう》(太《たい》)后《ごう》、そしてその甥藤原《ふじわらの》仲麻呂《なかまろ》が握るようになり、橘諸兄の権力は空洞化していきます。そして最後は酒席での失言を密告されて引退を余儀なくされ、失意のうちに薨去したのでした。諸兄と親しかった家持の位階も停滞したままで、大伴氏全体が苦境にあったのです。

これらの歌が作られた頃、諸兄の子奈良麻呂《ならまろ》によるクーデター計画が進行していました。宴の五日後、六月二十八日に発覚すると、大伴氏からも多数の連座者が出ます。家持にも当然接触はあったでしょうが、謀議に加わらなかったのです。

その折も折ですから、「咲く花」には、「藤」原氏や「橘」氏が擬せられているように思われます。そうした新興氏族は、華やかに時めいているようでも、時が経てばいずれは衰える、神代以来の伝統を持つ大伴氏に属する自分は、山菅《やますが》の根のように、地味でも、しぶとく長く生きるのだ――。そうした寓意が濃厚に感じられます。

時の花いやめずらしもかくしこそ見《め》し明《あき》らめめ秋立つごとに

「秋立つ」からすると、この年の立秋、七月十一日頃の作でしょうか。クーデター発覚後の騒然とした中で、「折々の花はますます愛しい。立秋を迎えるたびに、このように見て心を晴らしてください」と歌っています。「見《め》し」は敬語ですから、誰か貴人に呼びかけているのですが、それが誰かはわかりません。仮に天皇だとすれば、やはり「時の花」には興亡する諸氏族が託されていて、天皇は超然としてそれをご覧ください、というメッセージになっているように見えます。

無論、寓意はそれと特定できないから寓意になるのであって、以上のようなことを言明したら危険すぎるでしょう。二首が日付を欠くことからしても、一種の韜晦と見て間違いありません。家持がこのような芸当ができたのは、自然と人間とを時空の中で一体なるものとして、超越的に見る視点を持っていたからだと思います。

㊸ 良いことよ重なれという祈り

新《あら》たしき年《とし》の初《はじ》めの初春《はつはる》の
今日《きょう》降《ふ》る雪《ゆき》のいや重《し》け吉事《よごと》

【現代語訳】 新たな年の初めの初春《はつはる》の今日、ここに降る雪のように、いよいよ重なれ、良いことよ。

（『万葉集』巻二十・四五一六）

巻二十の巻末の歌です。ということは、『万葉集』の最後の歌でもあり、巻十七から続く「家持歌日誌《やかもちうたにっし》（日記）」の結びの歌ということにもなります。

題詞には、「（天平宝字）三年春正月一日に、因幡国庁《いなばのくにのちょう》（現在の鳥取県鳥取市国府町）にして饗《あえ》を国郡《くにこおり》の司《つかさ》等に賜《たま》う宴《うたげ》の歌一首」とあります。因幡国の国守として、元日にあたり、国司・郡司らに食事を振る舞う宴の歌という意味です。

この歌の本旨は、末句の「いや重《し》け吉事《よごと》」（ますます重なれ、良いことよ）だけで、そこまでは序詞です。その中には「新たしき年」「初め」「初春」「今日」という重複があり、それに伴い助詞「の」が四回も反復されています。

しかし、この一見無駄な表現が、一首の眼目です。天平宝字三年（七五九）は、元日と立春が重なる年だったのでした。およそ二十年にいっぺんしか起こらない、暦の上の偶然です。「新《あら》たしき年《とし》の初《はじ》め」（元日）と「初春」（立春）とが、「今日」重なるのです。家持は、若い頃から、こうした「月」と二十四節気との関係を歌にしてきました（57頁参照）。そうした暦への関心から、「歌日誌」という極めてユニークな形も形成されたのでしょう。その点で、この歌は、「歌日誌」を締めくくるのにふさわしいということができます。

それだけではありません。この歌の場合、反復の形が、歌の意味に有効に生かされているのが特徴です。つまり「新《あら》たしき年《とし》の初《はじ》め」と「初春」とは、まるで「今日降る雪」が降り積もるように重なり、それが象徴として、「重《し》く」べき「吉事《よごと》」に重なっているのです。元日の雪は豊年の予兆でしたから、その意味でも比喩として巧みです。家持が最終的に到達した歌のわざを見る思いがします。

ただし、この歌が言うように雪が降り重なるのは、ここが都ではないからであることにも注意しなければなりません。この日四十二歳になった家持は、因幡国庁にいます。因幡は律令の上では「大・上・中・下」の上国に分類されるとはいえ、三十歳で国守として赴任した越中《えっちゅう》も同じクラスであったことを思えば、前年六月にあった在京の右中弁《うちゅうべん》から因幡守への転出は、左遷と感じられたに違いありません。

「橘《たちばなの》 奈良麻呂《ならまろ》の変」後、藤原仲麻呂《ふじわらのなかまろ》への権力集中はますます加速していました。仲麻呂によって皇太子に立てられた大炊王《おおいのおおきみ》は、仲麻呂の亡き長男の妻の再婚相手であり、仲麻呂の私邸に住まわされていて、完全に仲麻呂の傀儡でした。その大炊王が即位した（淳仁天皇）のは、家持が因幡に転出した直後のことです。奈良麻呂の変には連座せず、無事にやりすごした家持でしたが、やはり大伴氏の一員として、都から遠ざけられたものとみえます。

題詞に「饗《あえ》を国郡《くにこおり》の司《つかさ》等に賜《たま》う宴《うたげ》」とあり、「賜う」という敬語が用いられているのは、この宴が、天皇の代行者としての家持によって催されたことを意味します。かつて越中守《えっちゅうのかみ》として、

新《あら》たしき年の初めはいや年に雪踏みならし常かくにもが
（新たな年の初めは、毎年毎年、変わらずにこうして雪を踏みならしたいものです）

と歌ったのと同様、家持は因幡の国を代表して賀の歌を歌っているのでしょう。

したがって、この歌は国守としての晴れがましい作であることは疑いありません。しかし「いや重け吉事《よごと》」が、左遷の身である家持自らの祈りの言葉のように響くことも確かです。国守としての願い、個人としての願いも「重」なっているのです。

そして、『万葉集』全巻の末尾に置かれたとき、その言葉はさらに重ねて、家持の編んだこの歌集の未来を祝福する意味を持ったと考えてもよいでしょう。

《家持のキーワード ③ 自然》

家持の歌は、孤独感を歌うことを最大の特徴としています。しかしそもそも歌は、声に出して歌うものですから、歌の場の集団全体の共感を歌い上げるのが本来のあり方と考えられます。現に「初期万葉」といわれる七世紀半ば頃の歌は、宮廷の人々の前で歌われるものがほとんどです。その頃と家持との間には、大きな転換があるのです。

家持のような身分のある官僚が、自分の立場に即して歌うことは、奈良時代に始まります。家持の歌が「歌日誌」をなすように、それは文字に書き記すことがむしろ重要になっています。

そしてその表現方法も大きく変わります。歌は、自然物に関係づけて歌うのが基本なのですが、家持の歌では、その自然に対する態度が大きく異なります。家持の歌には、見たり聞いたりする感覚が重要な役割を果たしていますが、それは自然物を自分と切り離されたものとして扱うから可能なのです。一般には、自然物が類比的に心情の比喩になるのに対して、家持の自然は、自己と対立的なのでした。

それは、中国詩の自然観に基づいています。自然の変化に感応して人間の心も変わる、だから自然を描けばおのずと人の心情も表される、というのが、中国詩の枠組です。それが家持によって和歌に持ち込まれたとき、自然に囲まれて孤立する自己が際立って表れるのだと考えられます。それが家持独自の孤独の表現です。

生涯編

略年譜

＊年齢は数え年で表記
＊一部に異説があります

718年	（養老2）	1歳	従四位上大伴旅人《おおとものたびと》の嫡子として生まれる。旅人五十四歳。
728年	（神亀5）	11歳	父旅人、大宰帥《だざいのそち》として九州に赴任。旅人の妻大伴郎女《おおとものいらつめ》死去。
729年	（神亀6）（天平元）	12歳	〈左大臣長屋王《ながやのおおきみ》、謀反と誣告《ぶこく》され自殺。藤原光明子《ふじわらのこうみょうし》立后〉
730年	（天平2）	13歳	父の重病に際し、都から来た見舞客の送別宴に家持も出席。10月、旅人大納言となり、平城京に戻る。家持も叔母坂上《さかのうえの》郎女《いらつめ》らとともに帰京。
731年	（天平3）	14歳	7月、父旅人薨去、六十七歳。
733年	（天平5）	16歳	山上憶良、都で死去か。この頃、家持最初の和歌を制作。
737年	（天平9）	20歳	〈天然痘大流行。藤原不比等の「四子」薨去〉
738年	（天平10）	21歳	橘《たちばなの》奈良麻呂《ならまろ》邸の宴に出席、歌に内舎人《うどねり》の肩書きを記す。
739年	（天平11）	22歳	家持の「妾《おみなめ》」、子を遺して死去。秋から翌年春まで挽歌制作。

740年（天平12）	23歳	9月、藤原広嗣が九州で反乱。聖武天皇、平城京を出て東国へ向かい、家持も同行する。〈そのまま山城国の久邇京《くにのみやこ》へ遷都〉
744年（天平16）	27歳	〈閏1月、聖武天皇、難波京《なにわのみやこ》へ行幸。安積親王《あさかしんのう》薨去〉挽歌制作。
745年（天平17）	28歳	1月、従五位下に叙せられる。〈再び平城京を都とする〉
746年（天平18）	29歳	1月、元正太上天皇の宴に出席。3月、宮内少輔《くないしょうふ》、6月、越中守《えっちゅうのかみ》となり、7月に現地に赴任。9月、弟書持《ふみもち》没、挽歌を制作。
747年（天平19）	30歳	春、病臥。部下の大伴池主《おおとものいけぬし》と漢詩文を交えた作品を贈答。夏、「越中五賦《えっちゅうごふ》」を池主とともに制作。税帳使《ぜいちょうし》として一時帰京。
748年（天平20）	31歳	春、越中国内（能登を含む）を巡察。各郡で歌を制作。
749年（天平21　天平感宝元　天平勝宝元）	32歳	4月、聖武天皇、陸奥国での黄金発見を祝う詔書で、大伴氏を名指しで称揚し、従五位上に昇叙。その感激を長歌に歌う。〈天平感宝元年に改元。7月、孝謙天皇即位し、天平勝宝元年に改元〉
750年（天平勝宝2）	33歳	3月、『万葉集』巻十九の巻頭歌群（「越中秀吟」）を制作。
751年（天平勝宝3）	34歳	7月、少納言となって帰京。

752年	（天平勝宝4）	35歳	〈4月、東大寺大仏開眼〉
753年	（天平勝宝5）	36歳	2月、『万葉集』巻十九の巻末歌群（「絶唱三首」）を制作。
754年	（天平勝宝6）	37歳	4月、兵部少輔《ひょうぶしょうふ》に任官。11月、山陰道巡察使を務める。
755年	（天平勝宝7）	38歳	2月、難波で防人の管理にあたり、防人歌を蒐集。自らも制作。
756年	（天平勝宝8）	39歳	〈2月、左大臣 橘 諸兄《たちばなのもろえ》引退。5月、聖武（太上）天皇崩御〉
757年	（天平勝宝9 天平宝字元）	40歳	大伴古慈斐《おおとものこしび》、朝廷誹謗の疑いで拘禁。家持「族《うがら》に諭す歌」制作。〈1月、橘諸兄薨去。3月、皇太子道祖 王《ふなどのおおきみ》廃立、4月、大炊 王《おおいのおおきみ》立太子。6月、橘奈良麻呂の変〉6月、兵部大輔《ひょうぶたいふ》、12月、右中弁《うちゅうべん》に任官。
758年	（天平宝字2）	41歳	6月、因幡守に任官。〈8月、大炊王即位（淳仁天皇）〉
759年	（天平宝字3）	42歳	1月、因幡国庁で、『万葉集』巻末歌を歌う。
760年	（天平宝字4）	43歳	〈6月、光明皇（太）后崩御〉
762年	（天平宝字6）	45歳	1月、信部《しんぶ》（中務）大輔《たいふ》に任官。因幡より帰京。
763年	（天平宝字7）	46歳	藤原仲麻呂《なかまろ》（恵美押勝《えみのおしかつ》）暗殺計画に連座するが、罪を逃れる。
764年	（天平宝字8）	47歳	1月、薩摩守《さつまのかみ》に左遷。〈9月、藤原仲麻呂の乱。道鏡《どうきょう》、大臣禅

		師に。10月、淳仁天皇廃位。孝謙（太上）天皇即位（称徳天皇）〉
767年（神護景雲元）	50歳	8月、大宰少弐《だざいのしょうに》に任官。
770年（神護景雲4 宝亀元）	53歳	6月、民部少輔《みんぶしょうふ》に任官。〈8月、称徳天皇崩御。道鏡左遷〉9月、左中弁《さちゅうべん》兼中務大輔《なかつかさたいふ》に任官。10月、正五位下。〈10月、光仁天皇即位〉
771年（宝亀2）	54歳	従四位下。以下、宝亀8年、従四位上。宝亀9年、正四位下。
780年（宝亀11）	63歳	参議となって朝政に加わる。
781年（天応元）	64歳	〈4月、桓武天皇即位〉4月、正四位上、春宮大夫《とうぐうたいふ》を兼任。8月、母の服喪によって解任。11月、従三位、公卿となる。
782年（天応2）	65歳	氷上川継《ひがみのかわつぐ》の謀反に連座して解任、京から追放される。間もなく復職。陸奥《みちのくの》按察使《あぜち》鎮守将軍《ちんじゅしょうぐん》に任官。
783年（延暦2）	66歳	中納言を兼任。
785年（延暦4）	68歳	8月28日、陸奥国《みちのくのくに》で死去。9月、藤原種継暗殺に関与したとして官位を剥奪される。息子永主《ながぬし》も配流。
806年（延暦25）		桓武天皇危篤、種継暗殺事件関与者を赦免。従三位に復す。

大伴家持の生涯

一　大伴氏の歴史

大伴家持《おおとものやかもち》という人を考えるとき、家持個人だけを見ているのでは十分でありません。彼の生まれた大伴氏という氏族のことを、まず頭に入れておく必要があります。それは、家持の行動も、彼の歌すらも、彼が大伴氏の一員であることに、強く規定されているとみられるからです。

氏族は、古くは地縁や職業で関係する者などを含んだ集団として、大王《おおきみ》に服属していました。氏族にはいろいろな種類があり、大きく分けて、ある地域を支配する豪族で大王とは同盟関係にあったものと、職業をもってより大王に近く奉仕するものとがありました。後者の氏族集団を「伴《とも》」といい、その支配層を「伴造《とものみやつこ》」と呼びます。

したがって大伴とは、「大いなる伴」、「伴」の代表格ということになります。家持は、正式には「大伴宿禰家持《おおとものすくねやかもち》」というのですが、この「宿禰《すくね》」というのは、伴造であった氏族に、七世紀後半になって与えられた称号（姓《かばね》）です。

大いなる伴である大伴氏は、かつて絶大な力を持っていました。六世紀の大伴金村《かなむら》という人は、大連《おおむらじ》という最高の地位について、継体《けいたい》天皇の即位にも力を振るったと伝えられています。しかしその金村が朝鮮半島との外交に失敗して失脚すると、大伴氏全体が次第に退潮に向かうことになります。六七二年の壬申《じんしん》の乱《らん》では、大伴御行《みゆき》・吹負《ふけい》・安麻呂《やすまろ》らが大海人皇子《おおしあまのみこ》（天武天皇）の勝利に貢献し、一時的に勢力を盛り返しますが、彼らも大納言《だいなごん》どまりで、大臣位に就く者はその後、現れませんでした。

それは、必ずしも彼ら大伴氏支配層の能力の問題ではありません。七世紀は国際的な動乱の時代で、国内でも政治的・社会的に構造が大きく変化しました。大王は、天から下った神の子孫である「天皇」という超越的な存在へと変わり、臣下たちとの関係も、絶対的な服従を強いる色彩が強くなります。中央集権化が進んでゆくのです。

一方、中国から律令《りつりょう》が導入されると、氏族の支配層は、部民《べみん》を率いて奉仕するのではなく、官僚として勤務する、というあり方に変わります。氏族は官僚の出身母体となるのです。そうなると職業集団であった氏族の求心力は失われてゆきます。

そして天皇が超越的な権限を持つと、天皇と特別な関係を持つ氏族が有利になります。中大兄皇子《なかのおおえのみこ》（天智天皇《てんじてんのう》）とともに「大化の改新」を実行した鎌足《かまたり》と、持統《じとう》・文武《もんむ》・元明《げんめい》の三代の天皇の下で大宝律令制定や平城京の建設を主導した不比等《ふひと》の二人を出した藤原氏が、氏族の中で大きな地歩を占めるようになりました。八世紀になると、政界のトップはだいたい皇族か藤原氏に独占されてしまいます。

その分、大伴氏の地位は相対的に下落します。大伴氏の支配層は、天孫降臨《てんそんこうりん》にも先祖が付き従ったという伝承をもとに、天皇との特別に古い関係を誇示し、名族というプライドに生きていたと思われます。家持にもそうした意識が非常に強いのです。

二　家持の出生

家持の父親は旅人《たびと》といいます。旅人の父親は先にも名を挙げた安麻呂《やすまろ》ですが、安麻呂は大納言まで昇進し、平城京の東北辺り、佐保《さほ》の地に宅を構えたので、佐保大納言《さほだいなごん》と呼ばれました。この佐保の地が、旅人・家持らの根拠地です。

旅人は、天智天皇四年（六六五年。この頃はまだ年号がありません）の生まれで、史書に名前が見えるのは、平城京遷都の和銅三年（七一〇）正月、時に四十六歳で正五位上《しょうごいのじょう》、左将軍《さしょうぐん》でした。その後累進して養老五年（七二一）、五十七歳で従三位《じゅさんみ》に達し、高級官僚、公卿の仲間入りをしました。

従五位下以上の中級官僚からは、天皇の勅《ちょく》で位階が進められる決まりで、中には山上憶良《やまのうえのおくら》のように、五十五歳で従五位下になってから、七十四歳で亡くなるまで一切昇進しなかった人もいますから、旅人は名門の嫡男らしく、順調に出世したといってよいと思います。高級官僚の子や孫には「蔭位《おんい》」という優遇制度があり、一般の官僚と比べて、高い位階からスタートできる特権がありました。

ところが、旅人にとっては残念なことに、自分の高い地位を継がせるべき男子には、なかなか恵まれませんでした。家持が嫡子として生まれたのは、「公卿補任《くぎょうぶにん》」などの史料によると養老二年（七一八）で、旅人は既に五十四歳になっていたのです。

したがって、旅人は、十分に長い間、家持のことを守ってやることはできませんでした。旅人が天平三年（七三一）、六十七歳で亡くなったとき、家持はわずか十四歳です。

一方、家持の母親のことはよくわかりません。旅人には大伴郎女《おおとものいらつめ》という正妻がいて、神亀五年（七二八）、旅人が大宰府の長官として九州に下って間もなく、当地で亡くなりました。しかしこの人が家持の母かどうかが不明なのです。

家持は、ずっと後年の天応元年（七八一）、自分が六十四歳のときに、母の服喪のために官を解任されていますが、それが実母であれば、無論大伴郎女ではなく、旅人の若い妻だったことになります。また家持が越中守《えっちゅうのかみ》時代に作った歌には、妻や子と並んで、母が自分のことを心配して嘆いているだろうと思いやる部分があり、これも、家持が成人してからも母が存命だったことの証拠になります。

しかし家持には、親代わりとでもいうべき人がいました。家持の叔母にあたる、旅人の異母妹、大伴坂上郎女《おおとものさかのうえのいらつめ》です。坂上郎女は最初、天武天皇の皇子、穂積皇子《ほづみのみこ》の後妻となり、皇子の死後は、藤原不比等の末子、藤原麻呂《ふじわらのまろ》と婚姻したこともありました。しかし結局、もう一人の異母兄、大伴宿奈麻呂《すくなまろ》の妻となり、二人の娘を産んで、旅人・宿奈麻呂亡き後は、大伴氏の女主人（家刀自《いえとじ》）として、一族の中心的な位置にありました。坂上郎女の長女は、結局家持の正妻となりますので、家持の義母にもあたります。この女性が養母として扱われ、天応元年まで長生きし、越中守時代の歌にも歌われたのだとすれば、家持の実母は、早く亡くなっている可能性があります。それが正しければ、家持は両親をともに十代までに失ったことになります。それは家持の人生観に大きな影響を与えたのではないでしょうか。

三　旅人と憶良

旅人が大宰府の長官として九州に下ったのは、六十四歳のときです。大宰府は九州全体を統括する役所で、南には異民族視されていた隼人《はやと》がおり、北からは中国大陸や朝鮮半島からの使者がやってくる重要な場所でした。特に朝鮮半島の新羅《しらぎ》との間は険悪でしたから、防衛上の拠点でもあったわけです。それで、その長官、大宰帥《だざいのそち》は、地方官としては例外的に高位の者が務めることになっていました。しかし旅人の後任となった藤原《ふじわらの》武智麻呂《むちまろ》（不比等の長子）のように、実際には赴任しない例もあります。老齢の旅人が九州まで下ったのは、相当に過酷な人事だったといえるでしょう。それは同行した妻大伴郎女にとっても同様だったらしく、前述のように大宰府到着後間もなく亡くなります。

そしてその翌年（神亀六年＝天平元年、七二九）の都での政変も、旅人にとっては打撃だったでしょう。左大臣長屋王《ながやのおおきみ》が、まじないをして国家を傾けようとしたとの罪状で失脚、自殺に追い込まれたのです。それが冤罪であったことは後年明らかにされます。藤原《ふじわらの》不比等《ふひと》の四人の男子（武智麻呂《むちまろ》・房前《ふささき》・宇合《うまかい》・麻呂《まろ》）が結束して妹、光明子《こうみょうし》を皇后にしようと、反対派の長屋王を追い落とすために仕掛けたクーデターでした。光明子立后が実現し、政権は藤原氏にほぼ掌握されてしまいました。

あるいは旅人の大宰府赴任も、長屋王側に立ち、あなどれない武力を持つ大伴氏の代表を、都から遠ざけるためだったのかも知れません。ともあれ、旅人には、都に帰っても、自分の居場所がないと感じられたことでしょう。

旅人は、亡妻の悲しみを、和歌に歌いました。また平城京や生れ故郷の飛鳥《あすか》、あるいは若い頃によく行った吉野《よしの》を、遠く離れた九州の地から懐かしむ情を、やはり歌にしました。旅人には、若い頃の歌がまったく残されていません。実際に老齢に至って和歌を作り始めたのかどうかはわかりませんが、残された歌はほとんどが短歌で、深い悲しみを自然に流露させた味わい深い作品ばかりです。

一方、失意の旅人を、文芸で支えたのは、当時筑前守《ちくぜんのかみ》としてやはり大宰府にいた山上憶良《やまのうえのおくら》です。憶良は、漢文・漢詩・長歌という様々な形の作を献上して、妻を亡くした悲しみを述べ、旅人を慰めました。また旅人を主人とする梅花《ばいか》の宴《うたげ》の催しや、肥前国《ひぜんのくに》松浦河（今の長崎県松浦市）を舞台とするロマンスの創作も、影で憶良がプロデュースしていたと思われます。

憶良は恵まれない氏族に生まれながら、遣唐使になったことを糸口に世に出た人で、漢詩文の知識を背景に、多くのユニークな作品を作っています。長歌作品が多く、また理屈っぽいところ、ユーモアを感じさせるところもあって、旅人と全く違う作風ながら、かえって互いに刺激し合うような関係を築いたのでした。

家持は、大宰府まで旅人に同行しています。旅人が当地で脚の病気になった際、旅人の弟と甥が京から見舞いに来ていますが、その送別の宴の同席者として名前が見えるのです。『万葉集』での家持の初登場で、十三歳でした。父親と憶良とが、文芸を通じて心を通わせているさまを、家持は身近に見ていたことでしょう。家持の歌の原点は、この辺りにあったと考えてよいと思います。

四　家持の結婚

旅人は、天平二年（七三〇）末、平城京に戻ります。父安麻呂と同じ大納言に任ぜられての帰還ですから、喜ぶべき栄転なのですが、大宰府の友人たちと別れ、妻のいない自宅に戻るのは、必ずしもうれしいことではなかったようです。ほどなく旅人は病に倒れ、翌天平三年秋、故郷飛鳥に咲く萩を思いながら、この世を去ります。

旅人亡き後の大伴氏佐保大納言《さほだいなごん》家の中心となり、まだわずか十四歳の家持を支え、導いたのは、先に述べたように、叔母坂上郎女《さかのうえのいらつめ》でした。氏族は一種の企業体のようなものですから、坂上郎女の仕事は多岐にわたります。大伴氏の荘園の管理のため何か月も泊り込んだり、聖武天皇に歌を贈って、宮廷外交を繰り広げたりもしています。その中でも、坂上郎女がもっとも重要な役割と感じていたのは、氏族の未来を担う次代を育て上げることだったでしょう。特に佐保大納言家の跡取りである家持に対する思いは、誰に対してよりも強かったはずです。

坂上郎女は、家持と自分の長女坂上大嬢《さかのうえのおおおとめ》とを結婚させようとしたようです。当時の有力氏族は、結束を固めるために、同族結婚を積極的に行っていました。女性にも財産権があるために、他氏に財産が移動するのを防ぐ意味合いもあったようです。

日本の古代は、そのような近親婚もタブーにはあたらないと考えられていましたし、母と子の関係が強く、その分、父親との関係はより稀薄でした。それで、父が同じでも、結婚の可不可には関係がなかったのです。それは同時に、父と母の関係、つまり結婚自体があまり強固でなかったということを意味します。坂上郎女は、少なくとも三人の男性と婚姻したのですが、当時としては珍しいことではなかったのでしょう。

中国は父系でつながる社会で、今でも原則的に同姓同士では結婚しません。中国人から見れば、日本の貴族の近親婚は野蛮に見えたかもしれません。しかし中国から多くの文化を受け入れた日本の貴族も、自分たちの基本的な生活習慣を変えることはなかったのです。

五　家持の恋の遍歴

家持は、叔母坂上郎女の意志に従って、いったんは坂上大嬢《さかのうえのおおおとめ》と結婚しました。しかし家持は十五歳前後、大嬢はさらに年下らしいので、いくら昔とはいえ、少々早すぎたようです。家持は間もなく、大嬢のところを訪れなくなってしまいました。

当時の結婚は、今のように大々的に式を挙げるようなこともなく、女のもとを男が訪れ、また帰ってゆく、「通い婚」の形態から始まるのが普通でした。子どもが出来、仲が固まってゆくと同居に移行するのですが、それ以前に自然消滅してしまうような関係も、いくらでもあったのです。日本で相聞歌《そうもんか》が発達したのは、離れて暮らす不安定な男女関係を、何とかつなぎ止めるツールだったからだともいわれます。

家持には、そのような相聞歌を交わす相手がたくさんできました。藤原氏に押されがちとはいえ、大伴氏はとびきりの名族ですから、その将来を担うべき佐保大納言家の嫡子がもてないはずはありません。多くの氏族の令嬢たちが、つながりを求めて、家持の恋の相手になっているのです。その名にも区別があって、比較的有力な氏族の娘は「女郎《いらつめ》」を付けて呼ばれ、中小氏族の娘は氏族名だけでなく名前まで記し、その後に「娘子《おとめ》」を付けて呼ばれています。男性でも、三位以上の高官には名前を記さず、「藤原卿」「大伴卿」などと呼ぶのが通例ですから、中小氏族の娘が名前を記されているのは、やはり軽く見られているのでしょう。

家持の相手としては、他に「山口女王《やまぐちのおおきみ》」という王族、また単に「娘子」「童女」などとあって、誰だかわからない女性もいます。こうした多くの女性の全員が家持と深い仲になったとみる必要はありません。相聞歌は大げさになりがちで、「寂しくて死んでしまいます」といった歌が、ほんの時候の挨拶である場合もあります。

しかし家持宛の相聞歌を多く残している女性、笠女郎《かさのいらつめ》や紀女郎《きのいらつめ》などとは、やはりかなり深い関係を持ったのでしょう。笠女郎の場合は、女郎のほうがのめりこんだらしく、せつなさを訴える真剣な歌を多く残しています（23～24頁参照）。一方、紀女郎は、家持より年上の既婚者で、夫と離別した後、家持と恋仲になったとみられ、こちらは家持が甘えるような関係のまま、長く続いたようです（27～29頁参照）。

そして忘れてはならないのが、家持との間に子を残して夭折した「妾《おみなめ》」と呼ばれる女性です（52～65頁参照）。この女性のことは、単に「娘子《おとめ》」と呼ばれた人と同一人物なのかどうかも含めて、全くわかりません。また家持には、永主《ながぬし》という男の子、藤原久須麻呂という男に求婚された女の子、藤原二郎という人物に嫁した女の子がいたことが知られますが、妾《おみなめ》の産んだ子がそのいずれにあたるか、あるいは全くの別の子なのかも、はっきりしたことがいえません。

しかし天平十一年（七三九）、家持二十二歳の時に、結婚相手を亡くした経験を持ったことは確かなのでしょう。そのとき作った挽歌の表現からして、まだ同居には至っていなかったようですが、いずれはこの人が正妻になったかもしれません。

家持と長女を結びつけたらしい叔母の坂上郎女には、こうした家持の状態は心配でならなかったでしょう。坂上郎女には「怨恨歌」という恐ろしい題の長歌作品があり、信頼を裏切られた女の嘆きを歌っています（『万葉集』巻四）。その中に「幼婦《たわやめ》と言《い》わくも著《しる》く」（幼な妻といわれるのももっともで）という表現があるのは、どうも坂上郎女自身ではなく、娘の大嬢のことをいっているようです。おそらく娘の代作かたがた、叔母として家持に、娘との復縁を促すための作と見てよいのでしょう。

結局、家持は坂上大嬢とよりを戻します。それは叔母の忠告もあったでしょうが、家持自身の成長によるところが大きいと思います。二十代になると、大伴氏の次代の担い手としての自覚が強まって、やはり同族の女性を正妻として迎えるのがよいという結論に達したのでしょう。そしてあまたの恋人たちとの相聞歌は、大伴氏の嫡子としての自分が、いかに他氏族の女性たちとの交渉を繰り広げたか、という記録として、家持が『万葉集』にあえて留めたのだと思われます。

六　内舎人になる

『万葉集』の、作者が判明している歌の巻は、いずれも原則的に時代順の配列になっています。先に述べた相聞歌と前後して、天平五年（七三三）、彼が十六歳の頃からは、坂上郎女に仕込まれたらしい題詠が現れます。季節の風物を、趣向を凝らして詠み込む「詠物歌《えいぶつか》」で、主に宴会などで披露されたものと思われます。

こうした初期の歌の作者名は、単に「大伴（宿禰）家持」とだけあります。官職名が肩書きとして付くのは天平十年が最初で、その職名は「内舎人《うどねり》」でした。「舎人《とねり》」は貴人の傍に仕えて雑役にあたる者を指しますが、中でも「内舎人」は、五位以上の官僚の子弟から優秀な者を選んで任ずる決まりで、高級官僚の見習いの性格を持っていました。文官ですが帯刀して、天皇をはじめ皇族の宿衛や行幸時の警備にあたったり、使者を務めたりする職でしたから、かつて大伴氏が果たしていた任務そのままといえましょう。名門の嫡子として、まずは順調なスタートを切ったのです。

しかしこの頃の日本は、重大な危機にありました。天平七年、九州から始まった天然痘の流行は、八年にはいったん収まったかに見えましたが、九年に入ると再び猛威を振るいます。朝廷は、食料を給付し、症状や治療法を告知し、神仏に祈り、大赦を行うなど、あらゆる手立てを尽くしましたが、結局、実に人口の三分の一が亡くなったといわれています。神亀六年（七二九）の長屋王《ながやのおおきみ》の変《へん》の後、権力を握っていた藤原四子も、全員が天平九年に死亡したのです。長屋王が冤罪だったことが天平十年に明らかにされたのは、疫病を王の祟りと考えたためではないかともいわれます。

その後、権力を掌握したのは、橘諸兄《たちばなのもろえ》でした。彼は元皇族で、光明皇后の異父兄にあたるのですが、母県犬養三千代《あがたのいぬかいのみちよ》が橘の姓を賜ったのを受け継ぎ、臣籍降下して橘諸兄となったわけです。後宮で活躍した母の権力と、皇后の兄であるという関係を利用して、異例の出世を遂げました。

しかし一挙に力を失った藤原氏の中には、新しい体制への不満を持つ者もいました。不比等の四人の男子の三番目宇合《うまかい》の子、広嗣《ひろつぐ》は、大宰府の次官でしたが、新体制のブレーンだった玄昉法師《げんぼうほうし》と吉備真備《きびのまきび》の排除を求めて九州で挙兵しました。天平十二年（七四〇）秋のことです。

その反乱自体はしばらくして鎮圧されましたが、その間に聖武天皇は「思うところあって東国に行幸する」と言って、平城京を出てしまいました。広嗣殺害の報を聞いても戻らず、伊賀・伊勢・美濃へと行幸を続けます。それは、かつて曽祖父天武天皇が、吉野の隠棲地を脱出して壬申《じんしん》の乱《らん》を戦ったときのコースに相似しています。反乱という危機に際して、同じ道をたどることで、天武天皇の再来となろうとしたとも、死の穢れの残る平城京を捨てること自体が目的だったともいわれます。ともあれ内舎人《うどねり》である家持は、聖武天皇に付いて移動しなければなりません。九州まで下った経験のある家持ですが、先の見えない彷徨にはさぞ不安を抱いたことでしょう。

聖武天皇は結局、平城京には戻らず、山城国南部の木津川沿いの土地（現在の京都府木津川市加茂）に留まり、そこを都とします。四年に及ぶ久邇京《くにのみやこ》時代の始まりです。そこは山に囲まれた清浄な地で、平城京からも山一つ越えただけの距離にあります。しかしそれだけに平城京のような壮麗な宮都は建設しようもありません。家持は、歌友であった弟書持《ふみもち》、妻となった坂上大嬢《さかのうえのおおおとめ》、ガールフレンド紀女郎《きのいらつめ》らのいずれとも離れて、退屈な毎日を過ごさざるを得ませんでした。

その中で、家持は、季節の歌にも、その時の自分の境遇や感慨を込めるようになっていきます。次の越中守《えっちゅうのかみ》時代になると、家持はほとんどの歌に日付を記し、それを連ねて「歌日誌」という形態を作り出しますが、その原型が久邇京時代にあるのです。不安定な社会に出会った家持は、その時々の自己を歌に書き留め始めたのでした。

聖武天皇は、久邇京にも居つきませんでした。仏法による護国を考えた天皇は、紫《し》香楽宮《がらきのみや》（現在の滋賀県甲賀市信楽町）での大仏造営にかかりきりになり、久邇京の造営に手が回らなくなると、そこを放棄し、以前からの副都難波京《なにわのみやこ》への遷都を図ります。そして、聖武天皇の唯一の男子、安積親王《あさかしんのう》が亡くなったのは、天平十六年閏一月、その移動の折でした。すでに光明皇后との間に生まれた阿倍内親王《あべのひめみこ》（後の孝謙女帝）が立太子していたとはいえ、その次の天皇にと嘱望された十七歳の親王は、橘諸兄《たちばなのもろえ》の縁者を母としていました。家持は諸兄とも親しかったので、安積親王に期待するところは大きかったでしょう。内舎人として、親王にも近く仕えたものと思われます。

家持の内舎人時代は、その悲しみとともに終わります。そして皇統の危機とともに、大伴氏の伝統にも、深く思いをいたします（66～77頁参照）。

七　越中で地方官僚として

天平十七年（七四五）正月、二十八歳になった家持は、従五位下《じゅごいのげ》に叙せられました。

もう中級官僚の一員です。翌十八年三月、宮内少輔《くないしょうふ》（宮内省の次席次官）に任じられますが、三か月ほどで越中守《えっちゅうのかみ》に異動し、その地に下ることになりました。

当時の越中国は、能登地方を含む広大な領域で、国府は現在の高岡市にありました。射水川《いみずがわ》（現在の小矢部川）の河口付近の高台がその跡といわれ、富山湾や立山連峰を望み、背後には形のいい二上山を控える風光明媚なところです。

大和国とは全く異なる雄大な越中の風土に、家持は目を見張ったでしょう。国守はときおり国内を視察する義務がありますが、視察の所々で、家持はその土地の風物を詠みこんでいます。しかし見慣れない風土は、物珍しさとともに、違和も感じさせるのでしょう。風物の見事さと同時に歌われるのは、やはり家や都への思いでした。

実際、初めて経験する雪国の冬は、家持には相当こたえたようです。翌天平十九年の春、家持は病気になってしまいました。何十日も苦しみ、ほとんど黄泉《よみ》の国に向かうところだったと記していますから、かなりの重病だったことは確かです。そうなると、床に臥しながら思うことは、もう京の家で待つ妻や子や母のことばかりでした。

しかしこの病気は、思わぬものを家持にもたらします。家持がまだ寝込んでいる間に三月三日の節句が到来し、その日に開く宴をめぐって、部下の大伴池主《おおとものいけぬし》との文通が始まったのです。池主は同族といっても傍系の出で、家持よりは少し年上だったと思われますが、位階は下で、越中掾《えっちゅうのじょう》（三等官）を務めていました。けれども特に漢文に秀でていて、唐代の漢詩についてもかなり詳しい知識を持っていたようです。
都にいた頃は、弟の書持《ふみもち》が、ともに歌を作る友だったのですが、家持が越中に赴任して間もなく、都で亡くなってしまいました。その訃報を受け、自分もまた病臥する身になった家持にとって、この異土で思いがけなく新たな「文雅の友」を得たことは、大きな慰めになったに違いありません。家持と池主は、漢文と和歌とを交えた作品を次々に交換してゆきます。（83〜89頁参照）
都への思いを共有する地方官同士が、競い合うように新たな風雅を作り出してゆく。それはかつて父旅人《たびと》と山上憶良《やまのうえのおくら》が、大宰府で持った関係でした。父の立場を継ぐ者として、また遣唐使だった憶良に憧れる者として、家持は自分を旅人に、漢籍の教養豊かな池主を憶良に見立てたかったようです。実際には池主は、漢文でも和歌でも、憶良ほど個性豊かな作品を作る才はなく、家持のサポート役に過ぎませんでした。しかしそれでも家持は、池主の助けを得て、文芸への意識を磨き、新たな歌の形を作る方法を身に付けていきます。この時期は、家持の歌の転機となりました。

夏に入り、家持の病が癒えても、池主との交流は続きました。その中で、長歌を「賦《ふ》」（詩よりも長く、一つの素材を多方面から描く中国の文学形式）と名づけ、二上山や立山を歌い、また国府の仲間たちを交えて布勢《ふせ》の水海《みずうみ》（現在の富山県氷見市にあった湖）に遊覧する旅を歌ったのも、その成果の一つです。

しかしその遊覧は、家持の送別会だったようです。家持は間もなく越中国の税の帳簿を提出するために、いったん都に帰ります。そして秋になって越中に戻ってきたとき、池主はもうそこにいなかったようです。隣の越前の国に転任していたのでした。その後には、池主に匹敵する歌友はなく、家持は、鵜飼や鷹狩という越中ならではのスポーツに慰めを見出しながら、孤独に耐える以外になかったのです。

そして天平二十一年になると、都で大きな動きがありました。大仏がいよいよ完成に近づき、不足が心配された塗装用の金も、陸奥国《みちのくのくに》の小田《おだ》（現在の宮城県遠田郡）から産出しました。聖武天皇は大仏に感謝し、この恩をすべての民に分け与えるとの詔書を発して、多くの臣下の位階を進めています。家持もまたこれに浴して、従五位《じゅごいの》上《じょう》に昇進しています。またこの詔書には、特に大伴氏に対して、代々「内《うち》の兵《いくさ》」（天皇直属の武人）の氏族であるから、今後も信頼に背かず忠勤に励むようにとの文言が含まれており、家持は長歌の大作でその感激を表現しています（90〜97頁参照）。

しかしその恩顧は、孝謙女帝への譲位の布石でした。金の産出を瑞祥《ずいしょう》として、女帝への譲位という類を見ない皇位継承を、正当化しようとしたわけです。詔書を出した時点で聖武天皇はすでに出家しており、譲位はもう既定の路線でした。天平二十一年（七四九）は、金の産出によって天平感宝に改元され、同じ年、譲位によって天平勝宝元年になります。

家持は、感激の裏で、焦りも感じないではいられなかったでしょう。譲位によって政界が変動する中、都から遠く離れた越中に留まれば、長屋王《ながやのおおきみ》の変《へん》の際の父旅人のように、局外者になってしまいます。しかし家持は、なお二年間、越中での生活を続けなければなりませんでした。天平勝宝二年の春に作られた『万葉集』巻十九巻頭の秀歌には、地方官暮らしのわびしさや、都への憧れがにじみ出ています（136〜149頁参照）。

八　失意の中、『万葉集』を閉じる

天平勝宝三年（七五一）秋、家持は足掛け六年の越中守の任務を終え、少納言となって帰京しました。大納言のもとに属し、細々《こまごま》としたことを天皇に申し上げたり、太政官印捺印の監督などをしたりする官です。久々の在京の官で、しかも天皇に近く仕える役目ですから、家持はうれしかったでしょう。帰京の道中、天皇臨席の宴で唱詠するための歌を予め制作しているのが、期待の大きさを物語っています。

しかし事態は、家持の思うような方向には進んでいませんでした。家持の心酔する聖武天皇は、譲位後、仏門に入ってほとんど政治には口を出さなくなったようです。そして、彼政治は、即位した孝謙女帝と、その母光明皇（太）后に任されたのです。彼女たちの信任を得たのが、藤原南家《なんけ》、武智麻呂《むちまろ》の次男、仲麻呂《なかまろ》でした。

孝謙女帝が即位すると間もなく、光明皇后のための機関だった皇后宮職が、「紫微《しび》中台《ちゅうだい》」という特別な役所へと昇格され、その長官に仲麻呂が就任します。紫微中台は、左大臣 橘諸兄《たちばなのもろえ》の率いる国政を総括する太政官につぐ位置とされましたが、実際にはそこでの合議よりも、紫微中台が下す命令のほうが、皇（太）后の権威をバックに優先されがちで、諸兄の権力は次第に空洞化していきました。

軍事的にも、もともとの律令には規定のなかった「中衛府《ちゅうえふ》」という軍隊が創設され、それは藤原氏の私兵のような働きをしていました。「内《うち》の兵《いくさ》」として天皇に近侍したいと願う家持にとって、心穏やかではいられなかったでしょう。

帰京後の家持は、越中守時代と比べて、あまり歌を残さなくなります。そして、たまに作る独詠歌には、何となく暗示めいたところが見えます。そして絶対的な孤独を歌うかのような、『万葉集』巻十九巻末のいわゆる「絶唱三首」は、こうした政治的苦境の中で歌われたのでした（150〜159頁参照）。その後の家持は、聖武天皇の時代を懐かしむ歌を多く作っています。

聖武天皇が太上天皇として在世していた間は、それでもまだましな状況だったのです。天平勝宝六年からは兵部少輔《ひょうぶしょうふ》、すなわち全国の兵士や武器・軍事施設の管理を司る兵部省の次席次官という立場に転じました。

翌年春には難波《なにわ》に赴き、九州の防衛にあたるために東国から上ってくる防人《さきもり》たちの管理にあたっています。防人たちは家族を置いてはるばる九州に下る辛苦を歌って提出することになっており、家持はそれを蒐集・記録しながら、防人たちに同情する歌を制作しています。そこには、ともに天皇に仕える身としての共感と自負とがあったのでしょう。

風雲急を告げるのは、天平勝宝八歳（七五六）五月、聖武（太上）天皇が崩御する頃からです。この年の二月に、橘諸兄は、酒席で不敬の発言があったと密告され、引退に追い込まれていました。翌年一月には失意の内に亡くなります。太上天皇崩御の後には、大伴氏の長老、古慈斐《こしび》が朝廷を誹謗したとして拘禁されました。おそらく孝謙女帝の後、誰が皇位を継ぐかをめぐって、陰謀が渦を巻いていたのでしょう。太上天皇の遺言で決められた皇太子道祖王《ふなどのおおきみ》（新田部親王《にいたべしんのう》の子、天武天皇の孫）は、素行が悪いとして廃され、天平勝宝九歳四月、新たに皇太子となったのは、藤原仲麻呂の縁者である大炊王《おおいのおおきみ》（舎人親王《とねりしんのう》の子、天武天皇の孫。のちの淳仁天皇）でした。

こうして強まる仲麻呂の専権に反発したのは、諸兄の遺児、奈良麻呂《ならまろ》を中心とするグループでした。彼らは天平勝宝九歳七月に、仲麻呂を殺害し、大炊王を廃して、孝謙女帝も退位させるクーデターを計画します。しかしその計画は事前に漏れ、奈良麻呂らは逮捕されてしまいました。大伴氏からも、最高位者だった古麻呂《こまろ》や古慈斐《こしび》、家持の歌友池主《いけぬし》らが連座しています。

家持は、古慈斐拘禁の際には、一族に軽挙妄動を戒める「族《うがら》に諭す歌」を作っていますが、同時に病と称し、出家遁世の思いをも歌っています（104～113頁参照）。そして奈良麻呂の変の時は、ただ暗示的な歌のみを残して、計画には参加しませんでした。成功の見込みは薄いと考えたのでしょう。

クーデターに加わらなかった家持は、兵部大輔に進むなど、一時的に日の当たるところに出ます。しかし間もなく天平宝字二年（七五八）、大炊王が即位して淳仁天皇になる頃、再び左遷されて、因幡《いなば》（鳥取県）の国守に転出しました。『万葉集』巻末の歌は、雪の降る因幡国庁で歌われたのです（164～165頁参照）。

九　歌わない家持

『万葉集』巻末歌である、天平宝字三年（七五九）元日に制作された因幡国庁での詠よりも後の家持作品は、『万葉集』には見られません。平安時代に作られた歌集などにも、『万葉集』に載せられていない家持の歌といえるものはないようです。和歌を作るのを止めたのかどうかはわかりませんが、とにかく残っていないのです。

なぜそうなったのかは、皆目わかりません。しかしひとつ言えるのは、『万葉集』に歌がある時代の家持は、政治的には受動的だったように見えますが、その後はむしろ能動的に活動しているように見えるということです。

天平宝字三年以降も、藤原仲麻呂（この頃は、恵美押勝《えみのおしかつ》という名で呼ばれていました）の政権は続き、六年一月に信部《しんぶ》（中務省を押勝が改名）大輔《たいふ》となって帰京したものの、家持の位階は相変わらず停滞しています。その中、天平宝字七年に、藤原宿奈麻呂《すくなまろ》を中心として、仲麻呂を殺害する計画が立てられました。その謀議は密告され、宿奈麻呂と四人の官僚が逮捕されましたが、その中に家持の名があるのです。この時は宿奈麻呂が罪をかぶって官位を剥奪され、家持らは与り知らぬこととされて、釈放されました。しかしやはり翌年には薩摩守《さつまのかみ》に左遷されています。

ただしこうした動きが起こること、しかも関係者が厳罰に処されることがなかったことは、仲麻呂の権力の翳りを示すのでしょう。天平宝字四年に光明皇（太）后が亡くなると、重しを失った体制は崩壊に向かいます。孝謙女帝（太上天皇）と淳仁天皇との間に不和が目立つようになり、女帝と仲麻呂との関係にもひびが入りました。そしてついに八年九月、仲麻呂が女帝に対してクーデターを図って失敗、近江（滋賀県）に逃げたもののそこで斬殺されます。仲麻呂の傀儡だった淳仁天皇は廃位されて淡路島に流され、孝謙女帝が再び皇位に就いて、称徳《しょうとく》天皇となります。

称徳女帝は、もう遮る者のいない専制君主でした。自分のために看病・祈禱した道《どう》鏡《きょう》禅師《ぜんじ》を重用して太政大臣に据え、ついで法王として、自分の後、皇位を継がせることも考えたようです。

そしてその間、家持は薩摩守から大宰《だざいの》少弐《しょうに》（大宰府の次席次官）に異動したものの、やはり九州暮らしで、不遇をかこち続けていたはずです。しかし、自らが仲麻呂を殺害する謀議に加わって左遷される状況下では、家持はもう、「歌日誌」を続けて自らの不遇を歌に託すことはしなかったのではないでしょうか。「歌わない家持」になったのには、それなりの理由があったと思われます。

十　栄進、そして死後の悲運

家持に光が当たるのは、神護景雲四年（七七〇）八月、称徳女帝が崩御してからです。皇位は、天智天皇の孫で、聖武天皇の娘井上内親王《いのえないしんのう》を妻としていた白壁王《しらかべのおおきみ》が継ぎ（光仁天皇）、後ろ盾をなくした道鏡はすぐに左遷されました。女帝崩御直前の六月に民部少輔《みんぶしょうふ》として帰京していた家持は、早速九月、左中弁兼中務大輔《さちゅうべんけんなかつかさたいふ》に登用され、十月、光仁天皇即位とともに、二十一年ぶりに昇進し正五位下《しょうごいのげ》になりました。

五十代になっていた家持は、以後、面白いように出世します。主なものだけでも、正五位下になった翌年に二階級進んで従四位下《じゅしいのげ》、宝亀五年（七七四）に左京大夫兼上総《かずさの》守《かみ》、同六年衛門督《えもんのかみ》、同八年従四位上、同九年正四位下、同十一年、参議として国政に参画する議政官の一員となります。天応元年（七八一）、桓武天皇が即位すると、新たな皇太子早良親王《さわらしんのう》（桓武天皇の同母弟）の世話をする春宮大夫《とうぐうたいふ》となり、参議・右京大夫を兼ねるという重職に就きます。そして間もなく正四位上に上がり、その半年後にはついに従三位《じゅさんみ》となって、公卿と呼ばれる身となりました。

しかし、こうした出世は、事件に巻き込まれる危険も招きます。天応二年、氷上川継《ひがみのかわつぐ》という従五位下の官僚が逮捕されました。この人は塩焼王《しおやきおう》（天武天皇の孫）の子、母は不破内親王《ふわないしんのう》（聖武天皇の娘）という高貴な血筋ですが、塩焼王は、藤原仲麻呂がクーデターを起こすとき、天皇に擁立しようとしたため、仲麻呂とともに殺されました。その子川継もまた、天武天皇の皇統に戻そうとする勢力を頼んで、謀反を計画したのです。これに家持は連座し、解任の上、京から追放の処分を受けています。

この時は、関与が浅いとされたのか、四か月で元の職に戻され、続けて按察使鎮守《あぜちちんじゅ》将軍《しょうぐん》を兼任しました。これは多賀城（現在の宮城県多賀城市）を中心に、蝦夷《えみし》と戦って東北地方の版図を拡げる役目です。武人の氏族に相応しい官に、ようやく就いたわけです。そして翌年（延暦二年）には中納言も兼ねます。『百人一首』などに見える「中納言家持」には、この年、六十六歳でなったのです。

実際に東北に行ったのがいつなのかははっきりしませんが、翌延暦三年、持節征東将軍《しょうぐん》となり、天皇から出征する将軍に渡される節刀《せっとう》を賜ったときには、現地に赴任したのでしょう。多賀城が家持の終焉の地となりました。延暦四年（七八五）八月二十八日没、六十八歳。

しかし『続日本紀《しょくにほんぎ》』には、「大伴宿禰家持死ぬ」とあって、従三位に相応しい「薨」の文字が用いられていません。それは、家持死後の九月、同じく中納言だった藤原《ふじわらの》種継《たねつぐ》が大伴継人《おおとものつぐひと》らに射殺され、その計画に家持が関わっていたことが発覚したからです。種継は、桓武天皇の信頼が厚く、その意を受けて平城京から長岡京への遷都の準備を進めていました。加えて、家持が春宮大夫《とうぐうたいふ》として仕えた早良親王に代えて、桓武天皇の皇子、安殿親王《あてのみこ》（後の平城天皇）を皇太子に立てる動きもあったようです。家持たちはそれに対抗して、種継を暗殺し、その後、桓武天皇を廃して早良親王を皇位につける計画を立てたとされます。

結局早良親王は廃されて、淡路島に送られる途中、絶食して死に至り、家持は死後ながら官位を剥奪、庶人《しょじん》（庶民）とされ、右京亮《うきょうのすけ》だった息子永主《ながぬし》は、隠岐国に配流になりました。

その後、桓武天皇の母や妃の病死、飢饉、洪水、天然痘の流行などが相次ぎ、それが憤死した早良親王の怨霊のためと考えられて、平安京遷都後の延暦十九年（八〇〇）、早良親王に崇道《すどう》天皇の尊号が追贈されました。家持ら、種継暗殺事件に関連した者に位が戻されたのは、延暦二十五年、桓武天皇の危篤に際してのことです。

大伴氏の名誉にあれだけ強い思いを抱いていた家持ですが、その命運に決定的な打撃を与える結果に終わりました。それは彼としても極めて残念なことだったでしょう。

種継暗殺事件の際、家持の財産は全て没収されました。その中に『万葉集』も含まれていたのかもしれません。『万葉集』が家持の手で大部分が編集されたことは疑いないと思われるにもかかわらず、編者として大伴家持の名が記されないのは、彼が罪人とされたからかもしれません。『万葉集』がどのようにして世に残ることになったのかは、全て歴史の闇の中にあります。

参考・引用文献

佐竹昭広・木下正俊・小島憲之『萬葉集』本文篇、塙書房、一九六三年
小島憲之『上代日本文学と中国文学』中、塙書房、一九六四年
北山茂夫『大伴家持』平凡社、一九七一年
山本健吉『大伴家持』筑摩書房、一九七一年
高木市之助『大伴旅人・山上憶良』筑摩書房、一九七二年
小野寛『大伴家持研究』笠間書院、一九八〇年
橋本達雄『天平の孤愁を詠ず　大伴家持』集英社、一九八四年
橋本達雄『大伴家持作品論攷』塙書房、一九八五年
小野寛『孤愁の人　大伴家持』新典社、一九八八年
小島憲之ほか編『萬葉集』①〜④（新編日本古典文学全集）、小学館、一九九四〜六年
中西進『大伴家持　万葉歌人の歌と生涯』①〜⑥、角川書店、一九九四〜五年
佐竹昭広ほか編『萬葉集』①〜④（新日本古典文学大系）、岩波書店、一九九九〜二〇〇三年
神野志隆光・坂本信幸編『セミナー万葉の歌人と作品』①〜⑫、和泉書院、一九九九〜二〇〇五年
芳賀紀雄『萬葉集における中国文学の受容』塙書房、二〇〇三年
鉄野昌弘『大伴家持「歌日誌」論考』塙書房、二〇〇七年
山崎健司『大伴家持の歌群と編纂』塙書房、二〇一〇年
神野志隆光編『万葉集鑑賞事典』講談社学術文庫、二〇一〇年

鉄野昌弘（てつの・まさひろ）

1959年、東京都生まれ。東京大学文学部卒業、東京大学大学院人文科学研究科国語国文学専門課程単位取得退学。博士（文学）。帝塚山学院大学助教授、東京女子大学教授を経て、現在東京大学教授、東京女子大学非常勤講師。専門は上代文学。

主な著書に、『大伴家持「歌日誌」論考』（塙書房）がある。

日本人のこころの言葉

大伴家持

2013年8月10日　第1版第1刷発行

著　者　鉄野昌弘
発行者　矢部敬一
発行所　株式会社 創元社
〒541-0047 大阪市中央区淡路町4-3-6
TEL 06-6231-9010（代）
FAX 06-6233-3111
URL http://www.sogensha.co.jp
東京支店　〒162-0825 東京都新宿区神楽坂4-3 煉瓦塔ビル
TEL 03-3269-1051
印刷所　藤原印刷株式会社

ISBN978-4-422-80062-2 C0381